# 낯선 사람들

# 낯선 사람들

| | |
|---|---|
| 발행일 | 2019년 10월 25일 |

| | | | |
|---|---|---|---|
| 편저 | 서상규 | | |
| 펴낸이 | 손형국 | | |
| 펴낸곳 | (주)북랩 | | |
| 편집인 | 선일영 | 편집 | 오경진, 강대건, 최예은, 최승헌, 김경무 |
| 디자인 | 이현수, 김민하, 한수희, 김윤주, 허지혜 | 제작 | 박기성, 황동현, 구성우, 장홍석 |
| 마케팅 | 김회란, 박진관, 조하라, 장은별 | | |
| 출판등록 | 2004. 12. 1(제2012-000051호) | | |
| 주소 | 서울시 금천구 가산디지털 1로 168, 우림라이온스밸리 B동 B113, 114호 | | |
| 홈페이지 | www.book.co.kr | | |
| 전화번호 | (02)2026-5777 | 팩스 | (02)2026-5747 |

| | | | |
|---|---|---|---|
| ISBN | 979-11-6299-938-7 03810 (종이책) | | 979-11-6299-939-4 05810 (전자책) |

이 도서의 국립중앙도서관 출판예정도서목록(CIP)은 서지정보유통지원시스템 홈페이지(http://seoji.nl.go.kr)와 국가자료공동목록시스템(http://www.nl.go.kr/kolisnet)에서 이용하실 수 있습니다.
(CIP제어번호: 2019042680)

**(주)북랩** 성공출판의 파트너

북랩 홈페이지와 패밀리 사이트에서 다양한 출판 솔루션을 만나 보세요!

**홈페이지** book.co.kr ▪ **블로그** blog.naver.com/essaybook ▪ **출판문의** book@book.co.kr

미국 TV 드라마 번안 단막희곡 모음

# 낯선
# 사람들

서상규 편저

북랩 book Lab

## 일러두기

★이 책에 소개된 4개의 단막희곡은 1955년 영화감독 알프레드 히치콕이 제작하고 해설한 TV 드라마 중에서 영감을 받은 작품들을 선택하여 한국적으로 번안, 재창작한 연극 대본입니다.

# 목차

# 낯선 사람들

등장인물

남자 A

남자 B

역장

진짜 역장

경상북도 봉화군 어디쯤. 허름한 시골 기차역의 대합실. 겨울. 을씨년스럽다. 석탄 난로가 있고 부지깽이가 보인다. 난로 위엔 물 주전자가 보인다. 그 옆에 의자가 하나 있고 대합실 용 긴 의 자도 하나 있다. 둥그런 벽시계도 걸려 있다. 새벽 조명. 역장이 어렴풋이 보인다. 매표소 안의 불을 켠다. 대합실의 불도 켠다. 잠에서 덜 깬 듯 기지개를 켜고 하품도 크게 한다. 눈에 맺힌 눈물도 닦는다. 대합실 벽에 걸린 원형 시계를 본다. 시계가 6시 를 가리킨다. 난로의 불을 지핀다.

이 연극은 극적 효과를 위해 조명이 배우의 감정에 따라 잘 디자인될 필요가 있다. 벽에 걸린 시계도 연극의 시간과 동일하 게 흘러가면 더욱 극적이겠다. 혼잣말(일종의 방백이다)엔 두 사람 의 얼굴을 번갈아 클로즈업하여 비추거나, 또는 말하는 배우만 비출 수도 있다. 등장인물들은 경상도 사투리를 쓴다.

**역장** : 오늘은 읍내 장날도 아니어서 승객이 있으려나 모르 겠네. 아함….

밖에서 사이렌이 울리는 소리가 들린다.

역장 : 이 새벽에 무슨 일 났나? (사이렌) 가까운 데서 생겼
나 와 이리 크게 들리노? (라디오를 틀며) 라디오에 나
올려나? (아침 생활 방송과 광고, 노래만 나온다. 채널을
이리저리 돌려본다. 사이렌) 와 이라노 진짜. (사이렌 소
리) 야, 이거 오늘 큰일났는 모양이네. (라디오에서 속
보가 흘러나온다) 사건 사고 소식입니다. (역장, 라디오
앞으로 달려가 귀를 기울인다)

라디오 : 사고 속보입니다. 오늘 새벽 1시경 경상북도 춘양군
에 위치한 한 정신병원에서 수명의 환자들이 탈출했
다고 합니다. 경찰에 따르면 탈출환자의 대부분은
다시 돌아왔거나 붙잡혔다고 하는데 아직도 2-3명은
그 행방이 묘연하다고 합니다. 현재까지의 피해자로
는 병원 근처 저수지에서 낚시를 하던 시민이 의식이
없는 상태에서 발견되었다고 합니다. 피해자의 옷은
벗겨지고 머리엔 큰 상처가 나 있다고 합니다. 자세
한 소식이 들어오는 대로 계속 전해 드리겠습니다.
(광고 방송이 나온다)

역장 : 미친놈들이 갈 데가 어디 있다고 뛰나가노. (사이렌. 주

낯선 사람들

전자를 들고 나간다. 사이렌) 오늘도 하루가 엄청 시리 길
겠네.

남자 B, 모포(침낭 같기도 하다)를 두르고 등장한다. 신발(허접
한 푸른 슬리퍼와 사각팬티 차림)과 다리에는 흙투성이이다. 몹시
추위를 느낀다. 물에 빠진 것 같기도 하다. 이리저리 살피다 난
로를 발견한다. 난로 곁으로 가려다 매표소 안의 라디오 소리가
거슬리는지 매표소 안으로 손을 쑥 밀어 넣어 라디오를 끈다.
난로 옆의 의자에 앉는다. 온기를 느낀다. 머리가 아픈 듯 주무
른다. 기침을 콜록거리기도 하며 때때로 몸을 떤다. 사이렌. (극
중간 중간에 간헐적으로 계속해서 들린다). 사이렌 소리에 약간은 신
경질적인 반응을 보인다.

대합실 밖에서 창문을 통해 안을 들여다보는 한 남자. 남자 A
가 긴장한 채 급히 들어온다. 숨 가쁘다. 바삐 뛰어온 것처럼 보인
다. 문을 닫고 깊은숨을 쉰다. 밖을 내다본다. 옛날 대학생 가방
을 들고 있다. 매표창구 쪽으로 가보지만 닫혀 있다. 기차 시간표
를 본다. 대합실 시계를 본다. 불안해한다. 난로가의 남자를 발견
한다. 소스라치게 놀란다. 왠지 모를 불길함을 느끼며 멀찌감치
떨어져 있는 긴 의자 쪽으로 가서 앉으려고 한다. 남자 B가 힐끗
돌아본다.

남자 B : (혼잣말) 와 저래 숨을 헐떡거리고 지랄이고. 어디서 도망치다 왔나.

남자 A : (혼잣말) 옷은 찢어졌고 신발엔 진흙이 잔뜩 묻어있고. 큰일 치른 게 분명하다.

사이렌. 두 사내, 밖으로 눈길을 돌리다 서로를 힐끗 훔쳐본다. 시선이 마주친다. 놀란 눈빛들.

남자 A : (떨리는 목소리. 불안감을 씻어내리는 듯) 괜… 괜찮심니꺼?

남자 B : (몸을 움츠리고 있다. 머리가 아쁘다.)

남자 A : (혼잣말) 내가 뭐 할라고 물어봤을꼬? (숨을 깊게 들이쉬며) 숨은 와 이리 가쁘노. 흠.

남자 A : (냉정함을 찾으려는 듯) 날씨가 억수로 추워졌네. 영주 가는 열차, 아직 멀었나. (기차 시간표를 살펴보고 벽시계를 본다) 쫌만 있으면 오겠네. 쫌만.

낯선 사람들

남자 B : (아픈 듯 머리를 만지며) 30분…. 30분….

남자 A : (혼잣말) 저 사람은 대체 뭐 했길래 행색이 저러노?
(남자 B의 흙 묻은 슬리퍼를 보며) 거 뭐 큰일 치렀는 갑
지예?

남자 B : 네….

남자 A : (미심쩍은 눈빛) 어디 좀 아픈 거 아입니꺼? 내가 침
한 대 놔 드릴 수 있는데…. (어색함을 없애듯) 지는 침
구사입니다. 말하자면 침과 뜸을 전문으로 하는 한
의삽니다. 이런 시골은 나이 드시고 거동이 불편하
신 노인들이 많아 가지고 왕진 요청이 참 많심더. 허
리 디스크하고 오십견엔 우리 한방 침이 즉빵입니데
이. 예로부터 일침이뜸삼약이란 말도 있잖심니꺼. 지
는예, 내 침 솜씨를 믿어주는 곳은 어느 곳이든 안
가는 곳 없이 다 갑니다. 하하하…. (분위기를 확 바꾸
며) 선생님은 여기 삽니꺼?

남자 B : (아픈 듯 신음한다) 흠…. 영줍니더….

남자 A : 그래예? (남자 B에게) 지도 영주 삽니다.

사이렌. 남자 A, B는 밖을 내다본다.

남자 A : 근데, 이 새벽부터 어쩐 일로?

남자 B : 음…. (약간은 귀찮은 듯) 이발해주러 왔지예.

남자 A : 이발예?

남자 B : (정신을 차리려고 머리를 이리저리 흔든다) 우리 시골 이
발사도 출장 마이 다닙니다.

남자 A : 아, 예. (혼잣말) 뭐? 이발사라꼬? 난 영주에서 저런
이발사를 본 적이 없는데. (떠보듯이) 그럼 이발 봉사
하러 여기까지 온 거겠네예?

남자 B : 그랬지예. (신발과 옷을 털며) 봉사도 하고 (옆의 낚시 가
방을 툭툭 친다) 낚시도 좀 하고.

남자 A : 혼자서예? (사이렌. 밖을 확인해보려고 나간다. 역장이 주전자를 들고 들어온다. 마주친다. 역장, 주전자를 난로 위에 올린다)

역장 : 아이고, 죄송합니다. 두 분이나 와 계시네예. 표 금방 끊어 드리께예. (매표실로 들어가 창구를 연다) 자, 이쪽으로 오이소.

남자 A : (창구 앞으로 간다. 남자 B를 힐긋 보며) 영주 한 장예.

역장 : 편돕니까?

남자 A : 그러심더. (사이렌) 저 소리 마 시끄러워 죽겠심더.

역장 : 그지예. (무용담을 늘어놓듯이) 근데예, 정신병원에 수용 중이던 미친놈 몇 놈이 탈출했다카지예. 그놈들이 경비원을 뒤지도록 패 갖고 완전 실신시키 뿌리고, 그라고 나서 화장실 창문을 통해 갖고 병원 뒷산, 그 뭐시냐… 응, 낚시터 쪽으로 달아났는데, 아직다는 못 잡았고 두세 명 남았다 카데예. (남자 B, 고개를 들고 역장의 말을 듣고 있다)

남자 A : (놀란 표정) 진짜라예? 그런 일이 다 있었네…. (남자 A, 고개를 돌려 남자 B와 낚시 가방을 본다. 남자 B, 순간 고개를 숙이고 외면한다. 사이렌. 다들 밖을 내다보고 소리를 듣는다)

역장 : 조심해야 됩니데이. 그런 미친놈들 만나면 우찌 될지 모르는 기라예.

남자 A : 맞심더. (남자 B를 본다) 조심해야겠지예.

역장 : 전에도 이런 일이 있었는데예, 그 미친놈이 마을로 내려가서는 지나가는 사람을 아무 이유 없이 그냥 죽여뿌리는 일도 있었다 안 캅니꺼.

남자 A : 진짜예?! (표를 건네고 돈을 주고받는다. 남자 B를 더욱 의심스럽게, 그리고 조심스럽게 쳐다본다)

역장 : 진짜지예. 그라고 흥미로운 게 또 있심더. 손님은 다중인격이라고 들어 봤심니꺼? 뭐, '사람 안에 또 다른 사람이 존재한다.' 뭐 그런 거. 근데 더 무서운 건 어느 한 쪽도 다른 한 쪽의 존재를 모른다 카는 깁니더.

낯선 사람들

남자 A : 지킬박사와 하이드….

역장 : 맞심더. 바로 그거지예. 우째 그걸 다 알고….

남자 A : 미… 미안한데, 거스름돈 주세요.

역장 : 미안합니다. 여기 있심더.

남자 A : (의자로 돌아와서 앉는다. 조심스럽게) 표 안 끊으심니꺼?

남자 B : 아…. (약간 신경질적으로 째려본다) 끊을 낍니더.

남자 A : (냉정함을 잃지 않으려고 한다) 지는예…. 아, 마… 참 이
성적인 사람이라예. 정신병원을 탈출한 미친놈들
하곤 아무런 관련이 없습니데이. 왜냐하믄, 전 이유
없이 사람을 죽이진 안 크던예. (혼잣말) 시바. 이게
뭐꼬? 지금. 내가 사람을 죽이다니! (남자 B, 남자 A를
쳐다본다) 아… 아입니더. 지는 사람 죽인 적 없심더.

남자 B : (술이 확 깨는 동작. 의심의 눈빛을 띈다) 누가 선생님이
누굴 주겄다 켔심니꺼?

남자 A : 그건 아이고…. (남자 A, 왕진 가방을 내려놓는다. 둔탁한 소리가 난다. 남자 B, 움찔한다)

남자 B : 무, 무거운 게 들었나 보지예?

남자 A : (가방을 들었다 내렸다 하며) 아이라예. 아주 가볍심니더.

남자 B : (남자 A를 똑바로 쳐다보며) 경찰들이 욕 좀 보겠네예. 미친놈들은… 제정신이 아닐 때 힘도 엄청 세진다 카고, 머리도 비상해진다 카던데…. 이번에 탈출한 놈은 선생님이나 지보다도 똑똑할 줄도 모릅니데이. (남자 A를 보며 히죽 웃는다)

남자 A : (당황한다) 그, 그래예? 지도 그런 놈들은 머리가 너무 좋은 나머지 오히려 미쳐버리기도 한다카는 거는 들어는 봤습니다만…

남자 B : 맞심더. 가들은 순간적으로 획! 정신이 나가는 거지예. 평상시엔 멀쩡하다가 뭘 잘못 보거나 하마 갑자기 막 흥분하는 거지예. 그럴 땐 지 자신도 어쩌지 못하는 거라지예 아마도.

낯선 사람들

남자 A : (화들짝 놀라며) 선… 선생님은요?

남자 B : 지요? 지가 와 그랍니까? (잠시 남자 A를 쳐다본다) 기분이 조금 더럽네예. (난로의 쇠로 된 부지깽이를 이리저리 만지고 돌린다. 남자 A, 불안하게 그 모습을 쳐다본다) 어디로 도망쳤을까예? 모르긴 몰라도 이곳을 빠져나가려고 하겠지예? 아니라면 보통 사람인 체하며 마을로 숨어들겠지예? 그랬겠지예?

남자 A : (어설프게 웃으며) 아마도…. (혼잣말) 설마… 그럴 리가 없어. 하지만 옷이 찢어졌고 신발엔 진흙이 잔뜩…. 누군가와 싸웠어. 분명해. 낚시… 저수지… 아, 이런….

남자 B : (혼잣말) 이 정도 했으면 도망 안 가고 뭐 하는 기고. (헛기침) 무슨 생각을 그리 골똘히 합니꺼?

남자 A : 아, 아무것도 아닙니다. (혼잣말) 침착하자. 호랑이한테 물려가도 침착하면 살 수 있다 안 캤나. (심호흡) 저 자식, 저수지에서 낚시꾼을 죽이고 신분을 위장

한 거제. 그라고 나서 기차로 여길 빠져나가려고 이
리로 온 거야. 야, 이 자슥아. 내가 그리 우습게 보이
나. 헛 참내. 근데 경찰은 뭐 하는 기고? 어데로 찾
고 다니노. (불안해한다. 담배를 꺼낸다. 담배를 떨어뜨린
다. 줍는다. 다시 떨어뜨린다. 남자 B가 이 광경을 의심스럽
게 쳐다본다. 남자 A는 담배 줍기를 포기하고 밖으로 나가
려고 한다)

남자 B : 어디 가시게예?

남자 A : 아, 소… 소변 볼라꼬예.

남자 B : 얼른 보이소. (혼잣말) 그래, 도밍갈라믄 빨리 기리.
난 니가 무섭다 자슥아.

남자 A : (일어나 나간다. 혼잣말) 저 옷, 저 신발, 말투, 눈빛도
이상해. 몹시 피곤해하잖아. 밤새 잠을 못 잔 거야.
기차표도 안 사잖아. 머리가 아픈 것도 탈출할 때 경
비원에게 한 방 맞은 거야. (밖으로 나가려다가 매표창구
쪽으로 간다) 영주행 기차 6시 30분에 오는 거 맞죠?

역장 : 네. 오늘만큼은 연착 안 할 깁니데이.

남자 A : 네, 고맙심니더. 그런데 말입니다만…. (남자 B가 어느
새 옆에 다가와 있다. 남자 A 역장에게 말을 더하려다 멈춘
다. 혼잣말) 이놈이 날 의심하고 있네. 내가 안다는
걸 눈치챈 기다. 아… 이젠 여길 떠날 수도 없고….
그랬다간 날 죽이겠지. 자연스럽게 행동하자. 최대한
자연스럽게. (남자 A는 다시 난로 옆 의자로 가서 앉는다.
남자 B는 역장에게 뭔가 몇 마디 물어보는 척하며 남자 A의
행동을 살핀다. 난로 위의 주전자 물로 옷에 묻은 흙을 털어
낸다. 남자 A는 난로 옆의 부지깽이를 발견한다. 남자 B가
눈치채지 못하게 부지깽이를 얼른 집어 들려고 해보지만 놓
치고 만다. 부지깽이가 바닥으로 넘어진다. 이 소리에 남자
B가 뒤돌아본다. 사이렌. 둘 다 불안함을 감추며 밖을 내다
보려고 한다)

남자 A : (다시 부지깽이를 집으려고 한다. 부지깽이를 집으려고 했지
만 너무 뜨거워 손을 덴다. 부지깽이가 손잡이가 난로에 닿
아 있다는 걸 간과했다. 엄청 아파한다. 남자 B가 돌아본다.
남자 A, 티 내지 않으려고 노력한다)

남자 B : (혼잣말) 어쩌자고 저 자슥은 여길 떠질 않는 기고?
(남자 B, 난로 옆 의자로 돌아오다 혼잣말) 맞다! 날 이용
해서 여길 빠져나가려는 거다. 아, 시바. 이제 우짜
노? 근데, 저 자식은 와 손을 계속 주물락거리고 있
노? 손 푸는 거가? 미치겠네. (긴 의자로 가서 앉으려다
혼잣말) 아니다, 내가 나가야겠다. (서서히 일어나서 대
합실 문밖으로 나가려고 할 때, 역장이 가로막는다)

역장 : 손님 안 됩니데이. 지금 밖에 나가면 위험하다 안 캄
니꺼. (사이렌) 여기 계시는 게 훨씬 안전할 겁니다.

남자 A : (혼잣말. 역장을 보며) 아이구, 역장님. 나 좀 살려주이소.

남자 B : (혼잣말. 역장을 보며) 역장님 이카믄 안 됩니데이.

걱정 말라는 역장의 제스처. 남자 A와 남자 B는 각자 자리
에 가서 가만히 앉는다. 남자 A, 가방을 열어 뭔가를 찾는다.
뭔가 만지작거린다. 남자 B는 신경이 곤두선다.

남자 A : (혼잣말. 뭔가를 꽉 잡는 듯한 행동) 이것만이 내 생명을

낯선사람들

구해줄 기다. 나를 죽이려고 하면 할 수 없는 기다. 이건 정당방위데이. 기냥 꽉 급소를 찌르는 기다.

남자 B가 휙 돌아본다. 남자 A는 침 여러 개를 손에 꽉 쥔 채 호주머니에 손을 넣는다. 마치 칼을 쥐고 있는 듯하다

남자 B : (혼잣말) 저, 저 자슥. 지금 뭘 쥐고 있노? 아까 저 가방에서 쇠붙이 소리가 났는데…. 칼? 저 손 좀 봐라. 칼이다. 아… 시바. 우짜지? 이제. 키도 작고 괴물같이 생긴 놈. (사이렌. 분위기를 바꾸려는 듯) 시간 정말 더디게 가지예? 하하하. (혼잣말) 뭐꼬? 지금 내가 뭐라 캤샸노. 아….

남자 A : 그렇네예. 시간 징그럽게 안 가네예. (혼잣말) 웃기게 생긴 난장이의 똥자루같이 생긴 새끼. 쳇, 너도 나를 웃기게 생겼다고 생각하겠제.

남자 B, 주전자에서 물을 한 잔 따라 마신다. 엄청 뜨겁다. 눈을 동그랗게 뜨고 참는다. 남자 A도 물을 마신다. 엄청 뜨겁다. 물을 뱉어 내면서 넘어진다. 남자 B의 가방을 슬쩍 만져본다. 남자 B, 낚시 가방을 빼앗기지 않으려고 확 움켜쥔다.

남자 B : 조심하세요. (혼잣말) 야… 이 자슥, 고단수데이. 영 리한 놈….

남자 B : 죄송합니다. (혼잣말) 우짜노…. 내 행동이 이렇게 부 자연스럽나….


남자 B, 부지깽이를 집어 들고 난로 속을 헤집는다. 남자 A, 소스라치게 놀란다. 사이렌.


남자 B : (혼잣말) 재빠른 놈….


남자 B : (혼잣말) 사이렌이 울릴 때마다 눈도 휘둥그레지는군. 아, 술이 확 깨네. (긴 의자로 가서 길게 누워 자는 척한 다) 나는 지금 완전 싸이코패스와 함께 있데이. 아… 이젠 어쩌지? 부지깽이! 저것만 있으면 저놈이 날뛰 더라도 충분히 방어할 수 있을 기다. (잡으려 하다) 내 가 집어 들기 전에 먼저 집어 들어 날 내려칠 수도 있겠는걸. 아니면 칼을 꺼내 한 방에 내 가슴을 찌 를 수도 있고. 아. 이런 걸 진퇴양난이라고 하나. 저 것 봐라. 여길 보지 않는 척하면서 내가 먼저 움직이 길 기다리는 게 분명하데이. (남자 B가 일어선다. 남자 A, 놀라서 먼저 일어나 부지깽이를 잡는다. 남자 B, 놀란다)

낯선 사람들

남자 A : (떨리는 목소리) 이젠 많이 따뜻해졌네예. (부지깽이를 남자 B로부터 멀리 떨어뜨려 놓는다. 다시 호주머니에 손을 집어넣는다)

남자 B : (혼잣말) 미친놈이 이렇게 영리해도 되는 기가? 내 행동을 다 알고 있는 기라. 이제 내가 할 수 있는 게 뭐꼬?

남자 A : (혼잣말) 내가 너보단 똑똑하데이.

남자 B : (혼잣말) 그래, 밖의 경찰한테 알리자. 사이렌 소리를 들으니 근처에 있는 것 같다. 자, 천천히 일어나서 걸어 나가자. 아냐, 아냐. 저놈은 내가 경찰에 알릴 거란 걸 이미 알고 있을 기다. 내가 나가도록 내버려 두진 않을 기고. 저 독사 같은 눈을 좀 보래이. 내가 조금이라도 움직이면 달려들기다. 일단 조용히 있다가 부지깽이에 가까이 갈 순간을 포착하자. (남자 A에게) 참, 나 아직 표를 안 샀네.

남자 A : 이제 생각났나 보지예?

남자 B : 네. 머리가 아파서. 지금 사면 되지예, 뭐. (매표창구로 간다. 역장이 없다. 남자 A에게) 역장이 없심더. 기차 올 시간 다 됐는데…. 밖에 있나? (밖으로 나가려고 한다)

남자 A : 그래, 밖에 있는 거 같심더. 후딱 나가 보이소.

남자 B : (멈칫한다. 혼잣말) 앗, 내가 경찰을 데려올 걸 이미 알고 있다. 나 이제 죽었데이. (나가려다 다시 되돌아오면서 부지깽이 옆으로 간다) 밖은 위험하다고 했심더, 아까.

남자 A : 기차 곧 옴니더.

남자 B : 역장도 금방 오겠지예. (혼잣말) 내가 나갈 끼 아이라 저놈이 어디로 가는지 잘 감시했다가 경찰한테 알려 줘야 진짜 대한민국 사람이제.

남자 A : (혼잣말) 나가서 꼭 잡히뿌지, 와 다시 들어오고 지랄이고. 우짜자고 이라노.

남자 B : 부지깽이를 쥐려고 한다.

낯선 사람들

남자 A : 그냥 놔두이소. 쑤시지 않아도 충분히 따뜻합니다.

남자 B : 쥘까 말까 망설이다 체념하듯 의자에 앉는다.

남자 A : (혼잣말) 내가 니 얄팍한 꼼수에 내가 속을 것 같나. 다른 사람들이 올 때까지 철저히 대비해야겠데이.

남자 B : (혼잣말) 미친놈 중엔 더러 공부를 너무 많이 해서 미쳐버린 놈이 있다더니만, 저놈이 바로 그런 놈인 게 분명하데이. 내 혼자 힘으론 약간 밀리겠다. 누군가 올 때까지 감시만 잘해보제이.

멀리서 들리는 기적소리

남자 A : 오호…. 기차가 오는 갑심더. 탈 준비하입시더.

남자 B : 그래야지예.

역장, 창구에 등장

역장 : 영주행 기차가 5분 뒤, 제시간에 옵니데이. (사이렌) 아이고 빨리 잡혀야 할 텐데. 표 안 끊으신 분, 표 끊으이소.

남자 A, 남자 B를 바라본다. 남자 B, 주섬주섬 지갑을 이리저리 찾으며 창구로 간다. 지갑을 꺼내 돈을 꺼내려다가 멈춘다.

남자 B : (혼잣말) 잠깐만. 지금 표를 끊으면 저놈 옆자리를 줄 거 아이가.

남자 A : (혼잣말) 내 바로 다음에 표를 산다면 저놈이 내 옆자리가 되잖아.

남자 B / 남자 A : 기차에서도 미친놈 옆자리라니. 이건 아이다.

남자 A : 아주 긴 장침으로 단단히 움켜쥐자.

남자 B : (혼잣말) 아, 어떡하나? 나도 뭔가 하나 있어야 할 낀데. (낚시 가방을 열고 뭔가 하나를 꺼낸다) 면도칼!

낯선 사람들

남자 A : (흠칫거린다. 혼잣말) 저, 저 자식이.

기차가 도착하는 소리. 사이렌 소리. 두 소리가 겹쳐진다.


남자 B가 면도칼을 꺼내고 남자 A가 장침을 꺼내는 순간, 매표실의 문이 꽝하고 열리며 역장이 나온다. 남자 A, B는 엉거주춤 멈춘다, 면도칼과 장침을 주머니에 얼른 집어넣는다. 역장은 낚시꾼이 입을 법한 옷을 남자 B에게 던져준다.


역장 : 기차 왔습니다.


남자 B : (옷을 입으며) 역장님, 어디 가십니꺼?


역장 : 서울 갑니다.


남자 A : 네? 여기는 우야고?


역장 : 내 업무는 여기까지입니다.


남자 B : 뭐라고예?..


사이렌.

남자 A : (조그만 소리로 역장에게) 미친놈은 잡고 가야지예.

남자 B : (조그만 소리로 역장에게) 등잔 밑이 어두운 거 알지예?

남자 A : 역장님, 눈 크게 함 떠보소

역장 : (미소) 등잔 밑! 많이 어둡지요. 인간들은 자기가 보고 싶은 것만 보기 때문에 바로 앞에 있는 것도 못 볼 때가 많지요.

남자 A : 역장? (역장의 옷이 경찰복임을 알아챈다.) 경찰관님?

남자 B : 경찰복이네.

역장 : 이번에 탈출한 놈은 경찰의 허를 찌르는 아주 영악한 놈이지요. (남자 A, B는 뒷걸음질을 친다.) 그자는 정신병원에서 뛰쳐나와 뒷산 저수지에서 낚시꾼의 대갈통을 후려칩니다. (남자 B는 자신의 머리를 만진다.) 그리곤 낚시꾼의 옷으로 갈아입습니다. 1차 변장인 거죠. 하지만 그자는 산으로 도망가지 않았지요. 기

낮선 사람들

차! 하하하. (역장은 스스로를 자랑스러워한다.) 그곳에서 2차 변장을 하고 마지막 순간에 한 번 더 모습을 바꿉니다. (미소) 흐흐흐. 누가 경찰을 검문하겠습니까! (역장은 남자 A, B를 빙긋 웃으며 쳐다본다. 기적소리.) 다 됐습니다. 기차에 몸만 실으면 끝입니다.

역장은 승리의 미소를 짓는다. 남자 A, B는 너무 놀라 서로 마주 본다. 뒤로 한발씩 물러나는 두 사람. 남자 B가 뒤에서 부지깽이로 역장을 때리고 남자 A는 역장의 급소를 침으로 찌른다. 한바탕 몸싸움. 마침내 역장은 마치 사지가 마비된 사람처럼 꼼짝을 못하고 널브러진다. 남자 B, 밖에 대고 힘껏 고함을 친다.

남자 B : 여기라예! 미친놈 여기 있심더!

영주행 기차의 출발을 알리는 기적소리가 요란하게 들려온다.

남자 B : 기차가 출발합니데이.

남자 A : 난 선생님인 줄 알았심더. 행색이 좀 그래서예.

남자 B : 지난밤에 낚시하다 머리에 뭔가 픽! 했는데, 그다음
은 기억이 없어예. 새벽에 깨어났는데 팬티만 딱 남
아있데예. 추워 디지는 줄 알았심더.

남자 A : 난 그런 줄도 모르고….

남자 B : 난 선생님인 줄 알았어예. 숨을 헐떡거리는 것도 이
상했고예. 가방을 든 모습도 그랬고예. 선생님이 칼
을 든 걸 보고 완전 오해했다 안캅니꺼.

남자 A : 칼예? 아, 장침이라예. 오십견하고 허리디스크에 이
장침 한대면 완전 직빵입니데이. 이 가방에 진료비로
받은 돈이 꽤 들어있다 안캅니꺼. (가방을 열어 슬쩍 보
여준다)

남자 B : (눈이 휘둥그레진다) 엄청나네예….

남자 A : 좀 많지예. 하하하. 저는 2호차 5호석입니데이.

남자 B : 바로 옆자리네예. 전 6호석이라예.

남자 A, 갑자기 멈춘다. 어색하게 웃으며 남자 B의 눈치를 본다. 남자 B는 씩 웃는다. 남자 A, 가방을 가슴께로 꼭 안는다. 한 손엔 장침을 꽉 움켜쥔다. 어색하게 웃는다. 매표창구 안에서 진짜 역장이 나타난다. 역장 옷을 입고 있다. 모자를 쓰려다 머리를 움켜쥔다. 엄청 아파한다.

기차의 출발을 알리는 기적소리. 남자 A, 냅다 달려 나간다. 남자 B, 부지깽이를 잡고 낚시가방을 둘러맨다. 달려 나간다.

**진짜 역장** : (매표창구로 머리를 내민다. 머리가 아프다.) 아이고 머리야. 손님들, 표 사셨심꺼? (사이렌) 와 이리 시끄럽노. 무슨 일 났나. (라디오를 튼다)

**라디오** : 속보입니다. 오늘 새벽 경상북도 춘양군에 위치한 한 정신병원에서 탈출한 환자들 중, 3명의 행방이 현재까지도 묘연한 것으로 알려졌습니다. 그러나 아직은 마을을 빠져나가지 못했을 거라는 경찰 측의 설명입니다. 다음 소식입니다. 읍내 한 금은방에서 현금이 잔뜩 든 금고가 털렸다는 소식입니다. 범인이 금은방의 유리창을 돌로 깨고 안으로 들어가는 모습이 CCTV에 고스란히 찍혀있습니다. 경찰은 현재 이

CCTV 영상을 통해서 범인의 인상착의를 파악하고 있는 중인데, 지난 새벽에 정신병원을 탈출한 한 명으로 추정하고 있습니다. (진짜 역장, 라디오를 끈다. 대합실로 나온다. 쓰러진 역장을 발견하곤 몸을 흔들어 본다.)

**진짜 역장** : 손님 여기서 주무시면 안 됩니다. 뜨거워 디집니더. (쓰러지는 역장을 보고 흠칫 놀라며) 죽… 죽었네.

　　진짜 역장은 플랫폼으로 달려간다. 선다. 쳐다본다. 출발을 알리는 기적소리. 사이렌. 겹쳐 들린다.

막.

## 등장인물

수미 : 강원도 태백산 고개쯤에 위치한

　　　생활형 민박집 여주인

현식 : 민박집 허드렛일 도와주고 밥

　　　얻어먹는 산 아랫마을 사는 잡부

강호 : 산 아랫마을 청년

민수 : 산 아랫마을 청년

동쪽으론 강릉, 남으론 정선, 동남쪽으론 영월로 연결되는 강원도 대관령 자락의 산속길 중턱에 위치한 민박집. 주위의 자연 경관과 잘 어울리긴 하지만 별거 없어 보이는 허름한 민박집. 주방 겸 거실, 부엌과 난로, 원형 식탁, 의자 2개가 보인다. 벽에는 낡은 괘종시계가 걸려 있다. 등장인물들은 강원도 사투리를 쓴다.

여름. 번개. 천둥. 소낙비. 조명 밝아진다.
수미가 분주히 주방에서 라면을 끓이고 있는 모습이 보인다. 번개와 천둥. 수미가 걱정스럽게 창밖을 내다본다. 라면이 다 끓으면 식탁에 가져다 둔다.

**수미 :** (창밖을 내다보며) 뭔 놈의 비가 이리 온다냐. 임 씨, 얼른 들어와서 라면 드세요.

**현식 :** (소리) 네. 알겠습니다. (임 씨, 밖에서 일하다 들어온다. 수건으로 머리를 턴다)

**현식 :** 멧돼지가 아주 극성입니다. 온 밭을 다 휘저어 놨네요.

**수미 :** 큰일이에요. 이렇게 비가 오는데도 산에서 내려오니 말입니다.

현식 : 먹을 게 부족하니 그렇겠죠. 요즘은 번식기라 더합니다. (식탁에 앉아 라면을 먹기 시작, 매워한다) 아무래도 엽총으로 몇 마리 쏴 잡아야겠어요. 영양 보충도 겸해서요.

수미 : 그러게요. (혀를 호호 부는 현식을 보고) 물 줘요?

현식 : 아, 네. 약간 맵지만 정말 맛있네요. 비 오는 날엔 왜 라면이 더 맛있는 거죠? (살짝 애교 있는 부탁 조로) 하나만 더 끓여 주시면 안 될까요?

수미 : (냉정하지만 타이르듯) 밖에 남은 일부터 끝내고요. 점심엔 더 맛있는 걸로 준비할게요. 녹두 빈대떡하고 막걸리, 좋죠?

현식 : 아이구 좋다. 사실 나도 하나 더 끓여 먹으면 이따 점심을 못 먹을 것 같았어요.

수미 : 다 드시면 나무 좀 가지고 와요. 집안이 눅눅해져 난로를 더 때야겠어요.

현식 : 그럴 필요 있겠어요? 비가 와서 손님도 없을 것 같은데.

수미 : 어허! 그건 내가 걱정해요.

현식 : 늘 걱정만. 주방 가스 다 떨어져 가는데 주문은 하셨어요?

수미 : 어머, 내 정신 좀 봐.

현식 : 거봐요. 나 없인 되는 게 없잖아요. 결국 멧돼지 잡는 건 나잖아요. 읍내에 다녀올게요. 배달시키면 멀다면서 돈 더 달라고 찡찡거릴 게 뻔하고, 또 이 비 오는데 언제 올지도 모르고요.

수미 : 그럴 수 있겠어요?

현식 : 막걸리에 빈대떡만 안 잊으시면 돼요.

수미 : 오자마자 드릴게요.

현식 : 파출소에 가서 엽총도 찾아올게요.

수미 : 네. 총은 항상 조심히 다루는 거 잘 알죠? 임 씨.

현식 : 에이…. 현식 씨하고 불러 봐요.

수미 : 저 양반이…. 얼른 나가봐요 임! 씨!

현식 : 현식 씨! (현식은 재빨리 비옷을 챙겨 입고 나간다. 다시
문을 열며) 엽총도 찾아서 올게요. 김수미 씨 안녕.

수미 : (밖에다 대고) 가스 떨어져 가요. 배달도 좀 시켜요.

현식 : (소리) 걱정 붙들어 매고 나만 믿어요.

수미 : 비 맞지 말고 다녀요. 감기 들어요. (작은 소리로) 현
식 씨 (현식, 문을 확 연다. 수미 놀란다. 현식 웃으며 문을
닫는다.)


수미는 라면 그릇을 치운다. 마음이 가볍다. 노래를 흥얼거린

다. 천둥과 번개. 번개의 빛에 사람의 모습이 비친다. 창문으로
누가 들여다본다.

강호, 문을 쾅 하고 연다. 군용 판초 우의를 입었다. 왼손에는
붕대를 감았다. 피가 배어있다. 옷에서 빗물이 뚝뚝 떨어진다.
약간 겁에 질린 듯한 표정. 들어오진 않고 문 앞에서 잔뜩 긴장
한 채 폼 잡고 서 있다. 주위를 경계하는 과장된 행동과 몸짓.
왼쪽 다리가 약간 불편해 보인다. 다리가 저린 지 한 번씩 어루
만진다.

> 수미 : (부엌일을 하면서) 왜 다시 왔어요? (혼잣말처럼 쑥스럽
> 게) 아니, 그새 날 보고 싶어… (돌아선다. 설거지 하던
> 라면 냄비를 떨어뜨린다. 강호를 한참 바라본다.)

> 강호 : 혼자 계시나요?

> 수미 : (냄비를 줍는다. 애써 차분하게) 응. 니가 첫 손님이야.
> 문 그대로 열어 둘 거니?

> 강호 : (들어와서 밖을 살피다가 조심스레 문을 닫는다) 몸 좀 말
> 려도 될까요?

수미 : 그럼. (난로 옆으로 안내한다) 어서 비옷 벗고 이리로 앉아.

강호 : 고맙습니다.

수미 : 오랜만에 보네. 이름이 송….

강호 : 강호.

수미 : 그래, 강호. 근데 여기까진 어쩐 일이야? 어디 가니?

강호 : 아뇨. 하지만 어디로든 가긴 갈 거예요.

수미 : 무슨 말이 그래. 너 배가 많이 고파 보인다. 라면 하나 끓여 줘?

강호 : 아뇨, 안 먹어도 괜찮아요.

수미 : 뭐라도 먹어야 젊은 놈이 힘쓰지.

낯선 사람들

수미 : 비도 오는데 파전에 막걸리 한 잔 줄까?

강호 : 아네요. 지금은 빈속이 편할 것 같아요. (수미, 강호를 째려본다. 강호, 주뼛거리다 마지못해 응한다) 좀 먹을게요.

수미 : 그래. 뭐가 좋을까? 라면? 파전? 아님, 돼지목살 넣고 김치찌개 팔팔 끓여 줄까?

강호 : 아무거나 만들어 주세요. 사실은 저 배가 많이 고파요.

수미 : 그래? 그럼 계란 프라이라도 해서 먼저 먹자.

수미, 계란 프라이를 한다.

강호 : 고마워요, 아주머니. 근데 아무것도 묻지는 말아주세요.

수미 : (안심시키려) 알았어. 넌 그저 밥 먹으러 온 건데 물을 게 뭐 있냐? 밥 먹고 나서도 니가 어디로 가든, 그것도 나랑은 상관없는 것이다. 난 아무것도 모른다.

강호 : 고마워요. 저 멀리 갈 거예요. 뭐든 좀 싸주세요. 돈
　　　은 얼마든지 드릴게요.

수미 : 알았어. 맛있는 걸로 넉넉히 싸줄게. (계란 프라이를
　　　가져다준다)

　강호는 왼손에 칼을 꼭 쥐고 앉아 있다. 오른손잡이라 서툴
다. 오른손으로 칼을 잡으려다 상처에 엄청 아파한다. 불안한
듯 칼을 쥔 손에 땀이 나는지 칼집을 이리저리 돌려 잡는다. 수
미는 프라이를 준비하다 말고 물끄러미 강호를 쳐다본다.

강호 : (어색한 분위기를 나름 바꾸어보려고 애쓴다) 흠…. 산속
　　　에 혼자 살면 외롭지 않으세요?

수미 : 민박 손님들이 있잖아. 다양한 사람들이 오니 재미
　　　있어. (강호를 보며) 가끔 도망치는 사람까지.

강호 : (숟가락을 떨어뜨린다) 제가 도망치는 걸로 보이세요?

수미 : 뭐…. 어느 정도는. 밥 먹을 때 칼 쥐고 있다면 그럴
　　　이유가 있겠지.

낯선 사람들

강호 : 좀 전에는 아무것도 모른다고 하셨잖아요.

수미 : 그래. 난 몰라. 다만, '칼이 필요한 일이 있는가 보다.' 라고만 생각하고 있지.

강호 : 그런 일 없어요.

수미 : 없으면 됐고. (식탁에 흰 보를 깔며 분위기를 바꾸려고) 요즘 아랫마을엔 재미난 일이 없어? 요 조그만 민박 집도 일이라고 한 번 내려갈 짬이 안 나네.

번개가 친다. 수미와 강호, 놀란다. 번개 빛에 창문을 통해 안을 들여다보고 있는 민수의 얼굴이 보인다. 동시에 천둥소리. 곧이어 민수, 문을 쾅하고 박차고 들어온다. 머리에 붕대를 둘렀다. 판초 우의를 입고 등산용 손도끼를 손에 들고 있다. 문 앞에 선 채 잔뜩 힘을 주고 있다. 강호도 반사적으로 일어나 칼을 꽉 잡고 싸울 태세를 갖춘다.

수미 : (사태가 심각함을 깨닫고) 이게 누구야? 야, 민수! 너는 또 어쩐 일이냐?

민수 : 뒤로 비켜나 주세요.

수미 : 웅? (강호와 민수를 보며) 왜들 이래?

강호 : 그렇게 하세요, 아주머니. 뒤로 물러서 주세요.

수미 : 아니 왜 이래? (둘을 번갈아 보다) 둘 다 미쳤구나.

민수 : 내가 자넬 못 찾을 줄 알았나, 강호?

강호 : 민수, 너를 위해 그러길 바랐다.

민수 : 더러운 놈. 도망치려면 제대로 쳤어야지. 겨우 이곳
이냐?

강호 : 도망치다니, 말조심해라 민수. 난 그냥 니가 없는 곳
으로 가고 싶었을 뿐이야.

민수 : 아- 그랬어? 그랬다면 최소한 내가 찾을 수 없는 곳
으로 갔어야지. 고작 생각한 게 수미 아주머니 치마
폭이야?

강호 : 유치한 새끼. 말이면 다 말인 줄 아나? 아주머니 벽
쪽으로 쭉 비켜나세요.

수미 : 아니. 못 비키겠다. 나도 말 좀 해야겠다. 내 말 끝나
기 전에는 너희 둘 다 움직이지 마. 알았어?

강호/민수 : (단호하게 큰 소리로) 네. 아주머니.

수미 : (강호에게) 난 너를 어릴 때부터 봤어. 니가 약간씩 말
썽 피는 줄은 알았지만 칼 들고 싸우는 줄은 몰랐다.

강호 : 나도 처음이에요. 하지만 저놈한텐 어쩔 수가 없네요.
저 새끼가 자꾸만 제 신경을 건드려요. 지금까진 참았
지만 저렇게 계속 나오면 저도 칼을 사용할 수밖에 없
어요.

수미 : 그래? 기다려봐. (민수에게) 야, 민수. 넌 왜 강호와 싸
우려고 하는 거야?

민수 : 저놈은 더럽고 치사한 놈이에요. 술만 마시면 아무
나 붙들고 꼬장 부리고 싸움을 걸어요.

**수미** : 무슨 소리야?

**강호** : 뭐? 내가 더럽고 치사해? 아주머니, 제가 다 말씀드
릴게요. 어젯밤에 친구들 몇 명이서 술 한잔 먹고 화
투를 쳤어요. 고스톱이요. 근데, 저 유치한 놈이 고
스톱에서 돈을 좀 잃었어요. 많이도 아니고 겨우….

**민수** : 많이가 아니라니?

**수미** : 시끄러. 조용히 해봐. 계속해.

**강호** : 감사합니다. 저놈이 돈 좀 잃으니깐 본전 생각이 났
나 봐요. 갑자기 고스톱 그만두고 섰다로 하재요. 아
주머니 저는요, 섰다는 진짜 도박이라고 생각해요.
그래서 난 그것만은 피하고 싶었어요. 근데, 저 유치
한 놈은 자꾸 섰다를 하재요. 저놈 말이 그래요 '화
투는 고스톱으로 시작해서 섰다로 끝장을 내는 거
다.' 뭐 이러면서 다른 친구들을 꼬드겨 섰다 판으로
넘겨 버린 거예요. 제가 얼마나 당황했겠습니까? 난
고스톱으로 한창 끗발이 올라 있는데 말이죠. 그래
서 홧김에 술을 몇 잔 더 마셨습니다.

낯선 사람들

민수 : 제 말도 들어보세요. 저놈이 돈 좀 땄다고 '섰다'는 안 한다 하면서 판돈 홀랑 챙겨 자리를 뜨려고 하잖아요.

강호 : 섰다는 도박이야!

민수 : 고스톱은 도박 아니냐? 돈 따고 배짱부리는 건 화투판에서 예의가 아니지. 저 치사한 놈이 그 예의를 어긴 거죠. 아주머니도 생각해 보세요, 저놈이 얼마나 치사한가. 그래서 저도 술을 몇 잔 더 마셨습니다.

강호 : 그래서 결국엔 섰다 했잖아.

민수 : 하면 뭐하니? 열 받게 해놓고선.

강호 : 아주머니. 결국엔 저도 섰다를 했습니다. 근데, 제가 자꾸만 따는 거예요. 패가 좋게만 들어오는데 어떡합니까. 제가 어떻게 한 것도 아닌데 제가 계속 따는 겁니다.

민수 : 아닙니다. 이 더러운 놈이 절 속인 겁니다. 섰다를
처음 하는 놈이 한 판도 아니고 열 판을 내리 먹을
수가 있는 겁니까? 이놈, 타짜예요! 아니라면, 최소
누군가에게 기술을 전수 받은 게 분명합니다. 너 밑
장빼기 한 거지?

강호 : 밑장빼기?

민수 : 제가 그걸 알아내지 못해서 또 술 몇 잔 더 했습니다.

강호 : 조용히 해 봐. 얼마 지나지 않아 이 지사한 놈이 술에
취해서 정신을 못 차리더군요. 난 저놈이 취한 꼴을
보고 일 나겠다 싶어 섰다'를 그만두고 나왔습니다.

민수 : 너 그냥 나갔어?

강호 : 그냥 안 나가면?! 너도 돈 다 떨어졌음 포기했어야
지. 그리고 넌 그때 너무 취해서 네 패도 정리 못했
잖아.

민수 : 아주머니, 저놈이 개평도 없이 그냥 나갔어요. 냉혹한 새끼.

수미 : 이게 다 화투 때문이야? 개평 안 줬다고?

강호 : 아닙니다. 그것 때문만은 아니에요. 이 치사한 놈이 날 그냥 내버려 두지 않았어요. 이놈이 얼마나 주사가 심한지 아주머닌 모를 겁니다. 내가 볼일이 보고 싶은 거예요. 그래서 화장실 다녀올 동안 한 판만 쉬겠다고 했더니, 갑자기 저놈이 따고 배짱이냐고 하더라고요. 그것까진 괜찮았어요. 근데 이 자식이 화장실 가서 딴 돈 어디 숨기고 오지 말라고 하더군요. 아주머니, 내가 그렇게 더러운 놈으로 보이세요?

수미 : 보기엔 따라선.

민수 : 잘 보셨어요. 그래서 내가 대신 화장실을 가겠다고 했습니다.

수미 : 남의 화장실을 니가 대신 왜 가?

강호 : 제 말이 바로 그겁니다. 저도 그렇게 말했습니다. 그
랬더니 저놈이 어떻게 했는지 아세요? 갑자기 내 얼
굴에 술을 확 뿌리더군요.

민수 : 야, 그건, 내가 화장실 가려고 일어나다 방석에 미끄
러져서 넘어진 거야. 술은 바닥에 다 쏟았고.

강호 : 내 얼굴이 방바닥이냐? 난 알코올 때문에 눈이 따가
워서 눈을 못 떴어.

민수 : 내가 넘어진 사이에 기회는 이때다 싶어 술잔으로
내 머리를 내리쳤잖아. 아주머니, 이거 보이시죠? 이
게 그걸 증명하는 겁니다. 저 손 보세요. 붕대요.

강호 : 아닙니다. 아주머니. 날 화장실도 못 가게 해서 화가
나서 술 마시려고 술잔을 들었어요. 그 순간, 저는
얼굴에 뭐가 날라 와서 눈을 감았고, 술잔에 뭐가
퍽 하고 닿는 느낌이 있었어요. 잠시 뒤에 보니, 저놈
은 이마에 피를 흘리고 있었고 전 손에 피를 흘리고
있었어요. 그때부터 저놈이 길길이 날뛰면서 날 죽
이겠다고 설쳐댔어요. 전 그 길로 나왔고요.

민수 : 비겁한 놈. 끝까지 거짓말을 늘어놓네. 내가 일어날 때, 니가 왼쪽다리로 내 방석을 슬쩍 밀었다는 걸 내가 모를까봐? 그렇게 해서라도 빨리 자리를 뜨고 싶었겠지. 아주머니, 저놈 혹시 왼쪽다리를 절지 않던가요? 제가 저 놈 왼쪽다리 위로 넘어졌거든요. 분명히 흔적이 있을 겁니다.

강호 : 그건 내가 니 왼쪽에 앉아 있었으니 당연한 거잖아.

민수 : 너야 그렇게 말하겠지.

강호 : 어찌 됐건, 어제 저녁은 내가 친 게 아니라 니가 넘어지면서 내 술잔에 부딪혔다고 하더군.

민수 : 내가 어떻게 넘어졌는지 걔들이 봤데? 그럼 그때 말했어야지. 왜 이렇게 도망을 가나? 뭔가 캥기는 게 있으니깐 그런 거 아냐.

수미 : 이 멍청한 놈들아. 너희 둘 다 아직 술이 덜 깼어.

민수 : 아주머닌 여기서 빠져 주세요.

수미 : 안 돼. 너희들은 지금 제풀에 화가 난 거야. 그만해.

민수 : 안 됩니다. 저 자식이 한 짓을 그대로 돌려줄 겁니다.

강호 : 정 싸우고 싶다면 상대해 주지.

수미 : 둘 다 잠깐 기다려.

강호 : 그럴 필요 없어요. 아주머니.

민수 : 뒤로 물러나세요. 이미 늦었습니다.

수미 : 알았다. 니들 맘대로 해라. 서로 죽여라. 칼로 가슴 팍을 푹푹 찔러 버려라. 계란 프라이 다 탔다. 내 계란 한 알이 너희들보다 훨씬 값어치 있겠다. (부엌으로 가서 탄 계란을 치운다) 자, 그럼 누가 칼에 찔려 죽을 건지, 누가 경찰에 끌려갈 건지부터 정하자.

민수 : 내가 저 겁쟁이를 여기서 죽일 겁니다.

강호 : 오늘이 니 제삿날이다.

수미 : 틀렸어. 둘 다 죽을 거야. 두고 봐. 난 오늘 살인과 자살을 동시에 목격하게 될 거야. (천천히 돌아서며) 자 누가 먼저 살인자가 될 거야?

강호 : 자! 기다리고 있다, 민수. 얼른 해. 어서! (서로 한 번씩 몸을 움찔거린다) 니가 먼저 하고 싶어했잖냐.

민수 : 아니, 강호. 니가 먼저 칼을 뺄 시간을 줄게.

강호 : 아하. 수미 아주머니 말이 맞았어. 칼을 먼저 꺼내는 놈이 법적으로 책임이 더 크다고 하더라고. 내가 먼저 꺼내면 내가 살인자가 되겠지. 아무래도 니가 먼저 뽑게 하는 게 좋겠어. 칼 솜씨는 내가 좀 더 나은 것 같으니, 아무래도 난 정당방위로 해야겠어.

민수 : 웃기시네. 나도 같은 생각이야. 니가 먼저 꺼내. 그래

도 내가 너보다 더 빨리 니 대갈팍을 꽉 찍을 수 있어. 당연히 나는 법적으로 정당방위지.

수미 : 잘들 논다. (한숨) 둘 다 먼저 나서기는 싫은 모양인가 보지? 계란은 망쳤고, 내가 보기엔 너희들 아직 술이 한참 덜 깼다. 콩나물 팍팍 넣고 라면을 끓일 테니깐 누가 먼저 상대방을 찌를 건진 해장라면 먹으면서 생각하자.

강호/민수 : 나중에 먹겠어요!

민수 : 도끼 맛을 먼저 보고 싶은 모양이지?

강호 : 칼 맛은 어떻고? 먼저 빼 들지 그래. (둘 다 몸을 한 번 움찔거린다.) 추워? 왜 이렇게 몸을 덜덜 떨어?

민수 : 더워? 왜 이렇게 땀을 뻘뻘 흘려?

강호 : 난 원래 열이 많은 체질이야.

낯선 사람들

민수 : 어렸을 때 보약을 잘못 먹어서 그렇잖아.

강호 : 알면서 그래?

긴 사이.

민수 : 냄새가 좋네요, 아주머니.

강호 : 삼양라면이죠?

민수 : 신라면이죠?

강호 : 에이, 삼양라면이죠?

민수 : 신라면이죠!

강호 : 라면의 원조 삼양!

민수 : 형님 먼저 아우 먼저 농심!

수미 : 오뚜기다.

강호/민수 : 아주머니 취향 참 독특하시네.

수미 : 배가 고프니 헛소리를 다하네. 하기사 성질 있는 수
컷들은 배가 든든해야 일을 잘 치르지.

민수 : 수미 아주머니, 제 건 이쪽에 준비해주세요.

강호 : 얄팍하게 꼼수 부리지 마. 허풍쟁이.

민수 : (천천히 식탁에 앉으며) 왜? 이 도끼가 신경 쓰이나?

강호 : (조심스럽게 의자를 당겨 앉으며) 아주머니, 저도 생각이
바뀌었어요. 제 건 2인분으로 준비해 주세요.

민수 : 죽기 전에 많이 먹게? (강호, 칼을 빼려는 듯 움찔거리고
반사적으로 민수도 움찔. 비웃음. 강호와 민수, 식탁에 마주
앉는다) 아주머니, 이 겁쟁이에게 최후의 만찬을 준비
해 주세요.

강호 : 내가 할 말이다, 이 허풍쟁이야. 아주머니, 이 앞뒤가 꽉 막힌 놈에게도 최후의 만찬을 주세요.

수미 : 두 놈 다 시끄럽다. 주는 대로 처먹어. 3인분 나간다. 보통 하나, 곱빼기 하나!

민수 : 곧 죽을 놈이 곱빼기 처먹고.

수미 : 시끄럽다. 똑같은 놈들끼리. 콩나물 넣었다. 해장해라. (냄비와 국자, 숟가락과 젓가락 두 개씩을 식탁 위에 놓아둔다)

강호 : 먼저 시작하시지. 민수.

민수 : 너 다음에. 강호.

강호 : 좋다. (먹으려다 이상한 낌새를 느끼고) 하하하, 먼저 테이블 위로 두 손을 올리자.

민수 : 그러지. (둘 다 긴장하며 손을 식탁 위로 올려놓는다. 한참 동안 사이)

강호 : 수미 아주머니. 라면 좀 퍼주세요. 손을 쓸 수가 없네요.

민수 : 제 것도 퍼주세요. 아주머니.

수미 : 이것들이 진짜…. 고작 생각하는 게…. (라면을 그릇에 떠서 각자에게 나눠 준다)

민수 : 감사합니다, 아주머니. 저 강호 놈은 비열하고 야비해서 한순간도 방심하면 안 돼요. 제가 방심하는 바로 그 순간을 노리고 있거든요. 하지만요, 아주머니. 저놈이 내가 방심했다고 생각하는 그 순간을 저는 거꾸로 노리는 거죠. 제가 저놈보단 한 수 위거든요. 하하

강호 : 먹는 순간을 노리겠지.

민수 : 젓가락 잡는 순간이겠지.

수미 : 동시에 잡아. 젓가락.

낯선 사람들

강호/민수 : 아!

수미 : 하나, 둘, 셋! (긴장한다. 민수는 스푼을 집었다. 강호가 비웃는다.)

민수 : 국… 국물부터 한 숟가락 먹어 보려고 한 거야.

강호 : 겁쟁이 자식. 손이 떨리네.

민수 : 네 눈알이 흔들리는 거야.

강호 : 역시 넌 구라쟁이야. 음식을 앞에 두고 말을 많이 하는 건 사나이가 할 짓이 아니지.

수미 : 그리고 앉아서 라면 먹을 수 있겠니?

강호 : 네. 문제없어요.

민수 : 얼마 안 걸려요. 곧 없어질 거예요.

수미 : 나도 너희 둘 다 없어졌으면 좋겠다.

강호/민수 : (둘 다, 재빨리 동시에 라면 한 젓가락씩 입에 넣고는 뜨거움
　　　　　에 뱉어낸다) 아, 뜨거!

수미 : 물줄까?

강호/민수 : 네. 찬물 줘요.

　강호와 민수는 찬물을 벌컥벌컥 마신다.

강호 : 정말 맛있는 라면입니다.

민수 : 속이 확 풀립니다.

수미 : 얼른 먹고 각자 갈 길 가야지. (강호와 민수, 서로를 비
　　　웃으며 노려만 보고 있다) 자, 강호가 먼저 딴 돈 돌려주
　　　고 미안하다고 해. 민수도 사과하고. 그저 바보 같은
　　　오해였다고 해. (하지만 두 사람은 경계심을 늦추지 않는
　　　다) 말리는 내가 미쳤지, 미쳤어.

강호 : 더 이상 못 참겠다. 이제 끝을 내자. 니 왼쪽 가슴팍,
　　　심장 깊숙이 찔러주마.

민수 : 난 너 눈알 사이, 즉! 양미간 사이를 정통으로 찍어
　　　주마.

강호 : 도끼에 당장 손 갖다 대는 게 좋을걸!

민수 : (싱긋이 비웃으며) 후후…. 역시나 정당방위를 노리는
　　　군. 등신 같은 놈. 내가 먼저 도끼를 뽑을 것 같냐?

수미 : 라면 다 불어 터졌다. 이놈들아.

민수 : 전 다 먹었어요.

강호 : 저도요. 아주머니, 이제 뒤로 물러서요. 안 그럼 다
　　　쳐요.

수미 : (약간 당황하며) 아… 그럼 후식으로 커피라도 마시면
　　　서 또 생각해보자.

강호 : 물러서라니까요.

민수 : 물러서세요, 아주머니. (수미, 천천히 물러난다) 아주머니, 지금 몇 시죠?

수미 : 시계는 왜? (시계를 본다) 11시 55분.

민수 : 그럼 괘종시계가 곧 12시를 알리겠군요.

강호 : 무슨 생각을 하는 거야?

민수 : 강호, 이건 어때?

강호 : 뭐가 어때?

민수 : 12시 정각, 괘종시계가 울릴 때 동시에 뽑자.

강호 : 12시 정각, 괘종시계가 울 때 동시에…. 좋다.

민수 : 내 등을 노리는 비겁자인 줄 알았는데 그건 아니군.

낯선 사람들

강호 : 잠깐! 12시엔 종이 12번 치는데, 첫 번째 칠 때야, 아님 마지막 칠 때야?

민수 : 자식, 아주 영리한 구석이 있었어. 열두 번째로 하자.

강호 : 숨을 12초 더 쉬고 싶은 모양이군. 그럼 일어나서 하자. 동시에 일어나는 거다.

민수 : 좋다.

강호/민수 : 하나, 둘, 셋! (의자에서 일어나 의자를 옆으로 치운다)

민수 : 오늘이 너의 제삿날 이다.

강호 : 병풍 뒤에서 향냄새 맡을 준비나 해.

민수 : 괘종시계가 치기 전까진 이대로 가만히 있는 거다. 하지만 괘종이 울리면….

강호 : 누구를 위하여 종은 울릴까.

수미 : 이건 미친 짓이야. 어쩜 저렇게 어리석을까.

강호 : 외투를 벗어라. 도끼 빼다 걸리겠다. 난 그런 이득을
보고 싶지 않다.

민수 : 물론 벗지. 벗어야지.

강호 : 벗는 척하면서 도끼 뽑아 던지겠지.

민수 : 너라면 그러겠지.

강호 : 맘대로 해. 허풍쟁이 녀석.

민수 : 수미 아주머니, 시간이 없으니 벽 쪽으로 비키세요.

수미 : 그래, 알았다. 어떤 놈이 죽든 천당 가라고 기도해줄
테니 얼른얼른 뒤져라. (사이) 아…이것들은 말로 해
선 안 되겠다.

수미가 국자를 들고 강호와 민수를 때리려고 한다. 몸을 피하

낯선 사람들

는 강호와 민수. 엎치락뒤치락하는 세 명의 움직임. 번개와 천둥. 빗소리. 다들 흠칫 놀란다. 동시에 현식이 문을 열고 들어오려다 방 안의 상황에 놀라 얼른 다시 나간다. 창문을 통해 안을 엿보고 있는 현식. 강호와 민수의 몸싸움이 벌어진다. 강호와 민수의 거친 움직임이 현식에겐 두 명의 강도가 수미를 해치려고 하는 것처럼 보인다. 강호와 민수의 목소리는 빗소리에 묻혀 들리지 않는다. 수미, 한쪽 구석으로 가서 앉는다. 두려움에 떠는 것처럼 보인다. 수미에게 누구인지, 혹은 뭔가 물어보는 듯한, 혹은 다그치는 듯한 강호와 민수의 모습.

**민수** : 아주머니, 지금 몇 시입니까?

**수미** : (시계를 본다) 11시 59분…

천둥 번개. 때를 맞춰 현식이 문을 쾅 하며 박차고 들어온다.

**현식** : 야, 이 자식들아! (엽총을 두 발 발사한다. 차례로 쓰러지는 강호와 민수. 놀라는 수미는 강호와 민수를 살펴본다. 운다.) 수미 씨! 괜찮아요?

**수미** : 강호야…. 민수야….

피를 흘리는 강호와 민수. 서로를 바라본다.

**강호** : 난… 그만하겠네.

**민수** : 나도… 켁…! (입에서 피를 토한다)

**강호** : 마을로 돌아가고 싶어.

**민수** : 집으로 돌아가고 싶어. (둘 다 숨을 거둔다)

**수미** : 강호야…? 민수야…? (현식에게) 다 죽었네요. 이젠…
어떡해요?

**현식** : 그, 그게….

번개와 천둥. 정전. 긴 사이. 다시 밝아짐. 이전 그대로의 모
습. 단지 엽총만 수미에게 들려 있다.

수미 : 전화를 해야겠지요.

현식, 말없이 고개를 끄떡인다.

수미 : (전화를 건다) 경찰서죠? 여기 사람이 죽어있네요. 모두 네 사람입니다.

현식, 놀란다. 눈을 휘둥그레 뜬다. 각오를 하는 듯하다. 수미를 쳐다본다.

번개. 천둥. 어둠. 두 발의 총소리. 이어지는 괘종소리 12번.

막.

명연기

## 등장인물

김기천 : 배우, 50대 중반

조광수 : 극작가, 40대 후반

민희 : 바텐더, 배우지망생, 20대 초반

바바리코트의 남자 : 나이 미상.

젊은 여배우 (인형으로 할 수도 있다)

대학로 뒷골목에 위치한 바가 있는 술집. 고급스럽다기보단 오히려 서민적이다. 벽면 여기저기 연극 포스터가 많이 붙어있는 걸로 보아 연극인들이 자주 들르는 곳인 것 같은 풍경이다. 민희가 가게 영업 준비를 하고 있다. 빗자루를 들고 쓸기도 하고 물걸레질도 한다. 청소를 하며 입에 볼펜을 물고 발음 연습을 하고 있는 민희. 기천이 문을 열고 들어온다. 안에 누가 있는지를 살피고 난 후, 벽면의 포스터를 보면서 실실 웃다가 뭐라고 중얼거리기도 한다. 작은 몸짓, 때론 큰 격렬한 제스처. 잘 봐주면 열정적이고 못 봐주면 미친 사람 같다. 민희는 기천이 들어온 줄 모르고 바 뒤에서 컵을 씻고, 닦고, 서비스용 땅콩과 오징어포 안주를 미리 접시에 담고 있다. 레이디 맥베드의 한 대사를 읊조리고 있다.

민희 : "까마귀까지도 당컨이 사자 밥을 짊어지고 이 성에 와서 죽으려 든다고 목쉰 소리로 알리고 있다. 무서운 음모에 기어든 악령들이여, 어서 와서 날 나약한 여자로부터 벗어나게 해다오. 머리 꼭대기에서 발끝까지 잔인한 마음으로 가득 채워다오!"

기천 : (호탕한 것 같지만 약간은 과장된) 오, 레이디 맥베드! 잘하는데.

민희 : 어머, 오랜만에 오셨네요?

기천 : 재주 있어, 민희 양.

민희 : 감사합니다.

기천 : 여기 오면서 자네가 일 관뒀으면 어쩌나 했는데.

민희 : 그랬어요? 이쪽으로 앉으세요.

기천 : 여전히 장사 잘되나, 어때?

민희 : 그런대로 괜찮아요. 어떻게 지내셨어요?

기천 : (쑥스럽지만 애써 태연하게) 뭐 크게 별일 없었어. 때론 별일 없는 게 좋을 수도 있는 거잖아. (노래를 흉내 낸다) 별일 없이 산다-. 뭐 별다른 일 없다. 니가 기분 나빠 할 얘기를 들려주마. 난 별일 없이 산다. 뭐 별다른 일 없다…:

낯선 사람들

민희 : (낄낄 웃는다. 장기하 노래를 튼다) 호호호. 선생님께서 어떻게 장기하 노래를 다 아세요? 연세도 있으신데.

기천 : (몸짓이 과장되게) 오- 민희 양, 이제 보니 얼굴은 예쁜데 생각은 나보다 늙었네. 올드해. 배우는 말이야, 날마다 새로워져야 되는 거야. 생각이 젊어야 돼. 그래야 현실을 따라잡을 수가 있어. 특히! (민희를 콕 집어서 가리키며) 배우 지망생이라면 더 하지.

민희 : (약간 멋쩍게 웃으며) 네, 선생님. 꼭 명심할게요.

기천 : (상체를 으쓱거리며) 긍정의 태도. 아주 좋아. 하지만! 명심하는 걸론 부족해. (바를 탁탁 두드리며) 위스키 한 잔으로 해결 보자. (한쪽 눈을 찡긋거리며) 늘 마시던 걸로 한 잔 주게.

민희 : 네. (술을 잔에 따르려다 말고) 근데 선생님. 이젠 외상은 힘들어요. 우리 사장님이…. (고개를 흔들며) 여하튼 이젠 안 돼요, 선생님.

**기천 :** 아니 왜 그래? 술집에서 술도 못 마시는 거야?

**민희 :** 외상이 많이 밀리셨잖아요. 사장님이 저한테 미리 말씀을 하셨거든요. 앞으로 외상은 절대 안 된다고.

**기천 :** (말없이 한참을 그대로 있다가 뭔가 의미심장한 말을 하려는 듯) 사장은 그렇다 치더라도 민희 양까지 나한테 이러지 마라. 왜냐? 우린 배우잖아. (민희, 난감해한다. 기천, 자세를 낮추며) 한 잔만 주라. 사실 내가 요즘 좀 힘들어. 어째서인지 요즘엔 같이 연기하자는 놈도 없어. 이리저리 인터넷 뒤져서 오디션 공고도 좀 찾아봤지만, 내가 이 나이에 오디션 보러 가기도 좀 그렇고… 사실 내가 맡을 배역도 많지가 않고. 40대가 중심이 되는 작품을 많이 적으면 오죽 좋겠어.

**민희 :** 선생님. 선생님이 40대였어요?

**기천 :** (물끄러미 민희를 뚫어져라 쳐다본다) 민희 양, 그렇게 진보적으로 물어보면 기분 좋아?

낯선 사람들

민희 : (말뜻을 못 알아들은 듯) 네? 죄송해요. 젊은 오빠.

기천 : (말에 힘을 준다) 뮤지컬은 더 심각해. 연기도 안 되는 어린놈들이 인기 좀 있다고 주인공은 지들끼리 다 차지하고. 제작자 놈들도 그래. 돈 좀 벌겠다고 탤런트나 가수를 마구잡이로 갖다 쓰고 말이야. 말이 좋아 뮤지컬 제작자지, 탁 까놓고 말하면 수입업자잖아. 돈 놓고 돈 먹는 장사꾼하고 똑같은 거지. 예술 언저리에 한 다리 걸쳐놓고 예술 팔아먹는 놈들이란 말이야. 왜? 그렇게 생각 안 해? 내가 틀렸어?

민희 : (난감해한다) 말씀이 좀 과격해서서…. 하긴 그런 점이 있긴 해요. 그치만 긍정적인 측면도 있잖아요.

기천 : 있기야 있겠지.

민희 : (말을 끊고 생글거리며) 그나저나, 선생님도 빨리 무대에 서서야 할 텐데.

기천 : 최근엔 좋은 소식이 별로 없었지만, 조만간 무대에 설 거야.

민희 : (기천의 맘을 풀어준다) 선생님은 참 훌륭한 배우이신
데 세상이 몰라봐요.

기천 : (민희를 쳐다본다) 그거야. 훌륭하다고 다 유명한 건 아니지.

민희 : 맞아요. 유명하다고 다 훌륭한 것도 아니고요.

기천 : 오, 센스 있어. 딴 놈들도 좀 알아주면 좋을 텐데.
민희 양. 내가 캐스팅되고 계약금 받으면 여기서 크
게 한번 쏠게. 그동안 신세 진 동료들, 선배와 후배
들 죄다 불러놓고 크게 한번 파티 벌이자. 지금은 (빈
잔을 쑥 내밀며) 한잔 주라. (민희, 망설인다) 사장님도
뭐라 안 그럴 거야. (민희의 눈을 쳐다본다. 민희, 난감하
다. 외면한다. 사이. 심호흡) 한 잔만 주면 정말 안 되겠
나? 부탁하네.

민희 : (기어들어 가는 소리로) 죄송해요, 선생님. 사장님이 병
에다 표시를 다 해둔단 말이에요. (위스키 병을 들어 보
이며) 이것 봐요.

**기천** : 치사한 사장 놈. (낙담한다. 주위를 둘러본다) 그럼 워러 라도 줘.

**민희** : 네?

**기천** : 물. 아이스 넣어서. (민희에게 씩 웃어 보이며) 진토닉처 럼 보이게.

**민희** : (아쉬운 표정) 그럴게요. 워러 온 더 락스!

**기천** : 아이스 많이!

**민희** : 워러 풀, 아이스 풀!

기천, 심호흡. 잠시 동안 민희가 물을 준비하는 것을 본다. 포스터를 바라본다. 뭐라 중얼거린다. 시선을 돌려 바 위에 놓인 신문을 발견한다. 건성으로 뒤적거리며 보다가 유명 극작가 조광수가 초대형 창작 뮤지컬을 준비하고 있다는 기사를 본다. 신문을 재빠르게 펼쳐 든다. 웃음기가 눈가와 입가에 돈다.

**기천** : 이게 뭐야? 조광수가 뮤지컬을 하네. (민희에게) 조광
수가 뮤지컬을 다 썼어. 연출도 지가 하네. 요즘은
작가가 연출까지 다 해 먹는 시대가 됐어. 한때는 배
우가 연출까지 다 해 먹으려고 했던 적도 있었는데
말야. 그나저나 역시 예술은 창작이어야 제맛이나.
남의 거 갖다 그냥 쓰는 거, 그거 안 되는 거야. 잠깐
만. 제작자가 박명순? 이 친구 치킨 팔아 돈 많이 벌
었는 모양이네. (숨넘어간다) 미, 민희 양, 나 물… 물.
(민희 물을 건넨다. 기천, 마신다. 물을 한 잔 더 달라고 한
다. 마신다) 에이…. 술 좀 타지. 민희 양, 놀라지 마.
제작비가 자그마치 120억! 작품 하나에 120억? 이렇
게 돈 많이 들여도 뮤지컬은 돈 버나 봐. 민희 양? 여
기서 얼마 벌어?

**민희** : 네?

**기천** : 작품 하나에 120억이잖아. 그러면 1억짜리 연극 120
편, 5천만 원짜린 240편이고. 어휴- 모르긴 몰라도,
이 정도면 대학로 연극 몇 년 치는 되지 않을까?

낯선사람들

민희 : 선생님도 이참에 뮤지컬 한번 해 보세요. 노래 잘하
시잖아요.

기천 : 그런 말 말아. 난 배우야. 연기를 사랑하는 연극배
우. 물론 연극배우가 뮤지컬 하지 말란 법은 없지만,
여하튼 그런 곳은 나하곤 생리적으로 안 맞아.

민희 : 요즘은 뮤지컬에서도 연기를 중요시해요. 어쨌거나
뮤지컬도 재밌잖아요. 저도 때가 되면 뮤지컬 오디션
한번 보려고요.

기천 : (멋쩍은 헛기침) 그래? (힘주어 말한다) 워러 온 더 락스
한 잔 더! 극작가 조광수 말이야, 내 오랜 친구이자
고향 후배야. 진짜 많이 컸어. 초등학교도 제대로 못
나온 친구가 말이야. 아, 그래도 읍내 백일장 같은
데서 상도 한두 번 타고 그러긴 했지. 참 시간 빨리
흘렀네. 광수랑 같이 서울 올라왔을 때가 엊그제 같
은데 말이야.

민희 : (물을 건네주며 살짝 의심스러운 눈치를 준다) 조광수 작

가가 시골서 올라왔어요? 거짓말 마세요. 조광수 선생님 지난번에 여기 왔거든요. 그때 자기는 강남에서 태어났고 쭉 8학군에서만 자랐다고 하던데요? 친구들도 죄다 8학군 강남 출신, 판검사들이라고 자랑이 대단하던데요.

기천 : 광수가 여기 왔어? 언제?

민희 : 1달 전쯤인가…. 정확히 기억은 안 나는데 오긴 분명히 왔어요. 왜 그러세요?

기천 : 어? 아니다. (힘주어) 아무튼 말이야, 광수가 내 말을 거절하지 못한다는 건 사실이야. 사장한테 말 좀 전해줘. 내가 조만간에 여기 외상값 싹 다 갚는다고. (기분 좋게 휘파람 불며) 슬슬 오디션 준비나 해볼까? 120억짜리 뮤지컬에 내 배역 하나 없겠니?

민희 : 뮤지컬 안 한다면서요?

기천 : 작가가 고향 후배… 아니다. 이런 큰 작품은 내가 당

낯선 사람들

연히 도와줘야지. (가사 바꿔 노래한다) '별일 없이 안
산다. 별다른 일 많다…. 니가 깜짝 놀랄 만한…'.

민희 : (위스키 한잔을 슬쩍 건넨다) 선생님, 이건 제가 사드리
　　　는 겁니다.

기천 : 눈치가 백단이야.

민희 : 빨리 무대에 서길 바랄게요.

기천 : 고마워. 내가 크게 한 번 쏠게. 참! 민희도 같이 하
　　　자. 뮤지컬 한 댓잖아.

민희 : 제가 어떻게. (민희가 갑자기 유명 뮤지컬의 노래를 부른
　　　다. 손님이 들어온다.) 어서 오세요.

　조광수, 예쁜 20대 여배우와 같이 술집으로 들어와 한쪽에 놓
인 테이블에 앉는다. 야릇하게 여배우와 떠든다.

　민희가 주문을 받으러 간다. 몸이 경직되어 돌아온다. 기천에

게 귀띔으로 말한다. 기천, 광수를 발견한다. 기천, 먹이를 발견한 하이에나처럼 눈에 힘이 들어간다. 물을 손에 적셔 머리를 매만진다. 심호흡. 옷을 단정히 해본다. 손에 침을 묻혀 바지에 줄을 잡는다. 구두도 물걸레로 쓱쓱 닦는다. 민희에게 보여준다. 민희는 오케이 사인을 기천에게 한다. 기천, 헛기침 크게. 자신감 있는 자세를 유지하려 한다. 눈을 동그랗고 크게 뜬다.

**기천** : (광수에게 다가가며) 어이 광수. 호랑이도 제 말하면 온다던데 자네도 호랑이야. (민희에게 윙크를 보낸다. 민희, 엄지손가락을 올려 보인다. 광수는 당황하고 불편한 기색이다. 떨떠름하다. 약간은 불친절한 말투가 섞인다. 때론 말이 짧다)

**광수** : 오랜만…입니다.

**기천** : 여긴 내 단골집이야. 이런 곳에서 보다니 뜻밖이야.

**광수** : 저도요. 분위기가 편한 것 같아서 몇 번 와 봤습니다만…. (쓸쓸하게) 앞으로는 어떨지 모르겠네요

기천 : 무슨 말을. 자주 나오게. 자네같이 유명한 친구들이
　　　이런 곳을 자주 애용하면 좋지. 내가 여기 사장하고
　　　잘 알거든. 잘해드리라고 말해 놓을게. 여기 사장이
　　　왕년에 배우도 잠깐 했거든.

광수 : 기분이 꽤 업 돼 보입니다.

기천 : 그래? (멋쩍게 웃는다) 하하. 오랜만에 옛 친구를 만나
　　　니 기분이 좋아서 그래 하하하. (눈짓을 옆 손님을 가리
　　　키며 ) 누구?

광수 : (거만한 제스처) 아, 이번 제 뮤지컬에 주연으로 캐스
　　　팅된 여배웁니다.

기천 : 120억짜리 뮤지컬? 나 조금 전에 신문에서 봤네.

광수 : 120억은 홍보하느라 좀 과장된 거고요. 여하튼 크긴
　　　큽니다.

기천 : 그 큰 작품에 이 가냘픈 아가씨가 주연이란 말이지?
　　　(여배우에게) 실례지만 나이가?

여배우, 손가락으로 야시시하게 2개, 3개를 번갈아 들어 보인다.

기천 : 스물… 셋!

광수 : 신인이지만 잘 해낼 겁니다. (여배우에게) 그렇지? (다정하게 손을 잡으며) 나 믿어도 되지? (여배우, 고개만 까딱 까닥거린다. 웃음. 사이. 야릇한 눈빛 교환) 인사드려요. (여배우, 자리에서 일어나 다소곳이 배꼽 인사를 한다. 기천, 얼떨결에 같이 배꼽 인사 한다

기천 : 아… 뭐 이렇게까지…. (광수에게) 광수, 잠깐 시간 좀 내줄 수 있나?

광수 : (배꼽 인사하느라 흐트러진 여배우의 머리를 단정하게 매만 져준다) 지금요? (자신의 행위를 보여주며) 지금은 좀 그렇고… 급한 게 아니면 다음에 하죠. 손님 있잖아요.

기천 : 잠깐이면 돼. 긴히 할 말이 있어 그래.

낯선 사람들

**광수** : (기천과 마주 본다. 눈에 핏발이 될 듯하다) 잠깐이라…
잠깐이면 되죠? (여배우를 쳐다본다) 손님이 있으니 본
론만 간단히 해주세요.

**기천** : 고맙네. 잠깐 이쪽으로.

기천은 바 쪽으로 가서 앉는다. 광수도 여배우의 머리를 매만
지면서 일어나 바에 가서 앉는다. 민희가 알아서 위스키 한 잔
을 기천에게 갖다준다. 기천, 물인 줄 알고 단숨에 들이킨다. 켁
켁. 민희를 본다. 민희, 파이팅을 보낸다. 기천, 용기백배! 헛기침.

**기천** : 바쁘니깐 말 안 돌릴게. 나, 자네 뮤지컬에 참여하고
싶네.

**광수** : 네?

**기천** : 잘할 수 있네. 약속하지.

**광수** : 매번 약속만 잘했지요.

기천 : 그러지 말고. 한 번만 더 부탁하자. 난 지금 일이 필
요해. 광수야.

광수 : 전에도 그래서 배역을 드렸잖아요.

기천 : 오래전 일이잖아. 그리고 열심히 했잖나.

광수 : 연습 때 잘하면 뭘 합니까? 무대에 올라가면 대사를
다 까먹는데. 제작자 보기가 다 민망했습니다. 죄송
합니다만, 이젠 더 일을 드릴 수 없습니다. 나이도 있
는데 술을 그렇게 드시니깐 대사 암기를 제대로 못
하는 거 아닙니까?

기천 : 그건 오해야. 내가 신경이 곤두서면 대사를 깜빡깜
빡하는 건 인정해. 그러나 그건 아주 가끔이야. 이번
엔 실망시키지 않겠네. 술도 끊겠네. 정말이야.

광수 : (사이. 쳐다본다) 미안해요. 더 이상 선배님하고 도박
안 합니다. 일어날게요. 배우가 기다려서요.

낯선 사람들

기천 : (성질을 낸다) 나도 배우야. 저 어린 것보다 내가 한참 대선배라고. (성질낸 것을 후회하며) 광수야. 아… 미안. 조 작가. 대사가 없어도 좋아. 그냥 지나가는 거, 행인, 뭐 그런 거라도 좋아.

광수 : 대체 왜 이러세요? 선배님이 어떻게 그런 걸 하세요.

기천 : 내가 돈이 필요해서 그래. (눈물을 흘린다) 난 배우고 무대로 돌아가야 살아있음을 느껴. 난 내 방에 있을 때 말이야, 조용히 거울을 봐. 그리고 내가 누구인지 나 자신에게 말을 하지. 예전에 맡았던 배역들을 하나씩 연기해보곤 해. 그러면 그들 모두가 내가 되기도 하고 반대로 내가 그들이 되기도 하는 거지. 난 연기를 할 때만 진짜야. 그게 나야. 그 나머지의 난 아무 의미가 없어. 그게 내가 술을 마시는 이유이기도 해.

광수 : 말씀은 잘하네요. 내가 보기엔 지금도 연기하는 겁니다. 알코올 중독 치료를 먼저 받는 게 나을 것 같네요.

기천 : 꼭 그렇게 말해야 되나?

광수 : 제 말은 다 했습니다. 다음에 볼 수 있으면… 아니, 안 보는 게 낫겠어요. (일어난다)

기천 : 아직 안 끝났네. 앉아. 지금 못 가.

광수 : 못 가요? 왜 못 가는 데요?

기천 : (심호흡. 차분해진다. 바를 탁탁 두드리며 광수에게 다시 앉으라고 한다) 광수야. 내가 말이야…. 갑자기 옛일이 떠오른다. 우리 안 지가 얼마 됐지? 젊은 시절, 우리 둘 다 참 험하게 보냈어. 그치? 기억 안 나? 난 말이야, 그 옛날이 잊혀지지가 않아. 요즘 들어선 더 또렷해진다. 참 이상도 하지. (사이) 그날 이후로 우린 이름도 바꿨잖아. 난 기천으로, 자넨….

광수 : (당황하며 말을 막는다) 왜 그래요. 그만 하세요. 지금 뭐 하자는 겁니까? (소리를 죽여서) 죽고 싶어서 그래요?

기천 : 아니. 난 안 죽고 싶어. 자네가 아직 기억은 하고 있나 해서 끄집어내 본 거야. 다 지나간 옛일이잖아. 우린 그때 젊었고, 그래서 그럴 수 있었다고 생각해. (사이) 근데 광수야, 세월이 지나다 보니 우리 광수는 강남 8학군 출신의 유명 극작가가 되어 있고, 난 대학로 뒷골목의 가난한 연극쟁이 신세를 못 면하고 있네. (사이) 난 자네가 성공할 줄 알았어. 자네가 재주가 있다는 걸 어려서부터 이미 난 다 알아봤다고. 글 솜씨 덕에 돈도 좀 만지고 강남에 꽤 큰 아파트도 장만했다고 들었어. 게다가 유명 정치가의 딸하고 결혼도 했으니 인생 확 핀 거지. 이젠 120억짜리 뮤지컬까지 맡았으니 대한민국 연극판이 완전 광수 세상이 됐어, 응.

광수 : 그만하세요. 재미없어요.

기천 : 근데 말이야, 광수야. 만약에 지금까지 자네가 이룬 그 모든 게 한 번에 혹하고 사라진다면 마음이 어떨 것 같니? (광수, 당혹스럽다) 모르긴 몰라도 아마 엄청 고통스러울 거야, 그치? 많이 힘들 거야, 응? 근데 나

는 말이다, 너도 알다시피 애시당초 뭘 가져본 적이
없는 인간이잖아. 그래서 잃는다는 게 뭔지 잘 몰라.
잃을 것도 없고. (사이) 난 자네가 쓴 연극이 참 좋
아. 씁쓸하지만 달콤한 감동이 있어.

**광수 :** 무슨 말을 하려는 겁니까?

**기천 :** 광수야, 내가 벌써 50을 훌쩍 넘었다. 요즈음 연극
은 나이 든 배우가 맡을 역이 별로 없어요. 배역 하
나 따내려고 나이도 조금 줄여 보는데, 어떻게 된 건
지 자식들이 내 나이를 금방 다 알아맞혀. 그래서 요
즘 사는 게 참 힘이 든다. (사이. 민희에게 물 한 잔 주문
한다. 광수, 일어나려고 한다. 기천, 광수의 팔을 꽉 움켜잡
는다. 냉정하고 단호하게) 자네 뮤지컬에 나 출연시켜주
라. (민희가 물을 갖다준다. 기천, 마신다. 얼음을 오도독
씹는다) 만약 안 된다면, 넌, 날 다른 방법으로 먹여
살려야 할 거야.

**광수 :** (기천의 팔을 뿌리치며) 허허… 이제 보니 주정뱅이에
다 사기꾼, 게다가 거지 근성까지 있네요. 후배한테
사기 쳐서 돈 몇 푼 뜯어내자 완전 이거네요.

낯선 사람들

기천 : 많이는 필요 없네. 그저 생활할 정도면 된다.

광수 : 생활할 정도요? 나 원…. 내가 왜 줘야 하는데요?

기천 : 잊었나 보네. (사이) 난 아직도 생생해! (심호흡) 우리
처음 서울 와서 아는 사람도 없고 갈 데도 없고 돈
도 없고. 담배꽁초 주워 피다가 행여 누가 보면 쪽팔
릴까 싶어 명동 뒷골목에 쭈그리고 앉아 몰래 피웠
잖아, 기억나지? (사이. 광수의 표정을 살핀다. 계속할까
말을 말까 잠깐 망설인다. 갑자기 낄낄거린다) 그 골목 말
이야, 30년 전통 오징어 섞어찌개, 아니다 지금은 50
년 되었겠다. 그 섞어찌개 집 옆으로 몸 하나 겨우
지나갈 만한 샛길 하나 있었잖아. 지금도 있는진 모
르겠다. (사이) 비가 엄청 왔잖아. 날씨도 춥고 시간
도 늦어서 거리엔 사람들도 별로 없었고. 그때가 아
마도 우리가 거리를 배회한 지 사나흘쯤은 되었을
때야, 맞지? 배도 많이 고팠던 걸로 난 기억해. 몇 끼
를 물로 배 채웠으니깐 말이야. 그날 그 뒷골목으로
잘 곳이 있나 하고 들어갔지 (사이. 광수의 표정이 일그
러진다. 광수, 바를 손을 탕하고 내려친다. 민희에게 위스키

스트레이트로 한 잔 시켜 쭉 들이킨다. 기천, 광수의 행동이 끝날 때 까지 기다린다) 앞에 한 여자가 걸어가고 있었어. 자넨 내가 말릴 틈도 없이 그 여자 뒤를 따라가고 있었….

광수 : 그만 해요!

기천 : 그래, 기억하고 싶지 않겠지.

광수 : (기천의 얼굴을 똑바로 쳐다보며) 난 그날 아무 짓도 안 했어요.

기천 : 그럼 내가 본 건 뭐지? 그다음 날 아침 신문에 난 기사가 거짓말을 하나?

광수 : 지금 날 협박하는 겁니까?

기천 : (망설이다) 응. 맞아. 자네에게 달렸네. 연예부 기자들은 말이야, 하이에나처럼 썩은 기삿거리를 좋아하지. 왜냐고? 지들 맘대로 소설 쓰기가 편하거든. 기레기들 속성은 나보다 자네가 더 잘 알 거야.

낯선 사람들

광수 : 참 더럽네요.

기천 : 그렇게 말하지 마. 이 세상은 나보다 몇십 배나 더 더러운 것들로 가득 차 있어.

테이블에서 여배우가 광수를 부르는 몸짓. 교태. 앙탈. 지루함을 표현한다. 몸으로!

기천 : (여배우의 몸짓을 보면서) 자신의 의지를 몸짓으로 표현하는 것이 아주 좋네. 광수야, 주연배우를 기다리게 하면 실례다. 어서 가봐. 매우 사랑스러운 여배우인 것 같다.

광수 : (만 원권 지폐 5장을 꺼내 바 위에 던진다. 흩어진다) 술이나 마시세요.

광수는 여배우를 데리고 나간다. 기천은 지폐를 물끄러미 본다. 기천은 주체할 수 없는 슬픔에 눈물을 흘리며 돈을 줍는다. 민희를 불러서 술을 한잔시킨다.

**기천 :** 위스키 스트레이트 더블! 노 워터! 노 아이스!

기천, 술을 계속 시켜 마신다. 기천이 많이 취한다. 혀도 꼬일
라 그런다.

**기천 :** 민희 양, 요즘 내 심정이 어떤지 아나?

**민희 :** 글쎄요….

**기천 :** (맥베드 대사의 한 구절을 시작한다.) "인생은 시끌벅적한
헛소리와 분노로 가득 차 있고 결국 아무런 의미도
없다. 내일, 내일, 그리고 내일. 날마다 아름다운 얼
굴엔 근심이 쌓이고 나의 지난날은 죽음을 향한 어
리석음으로 가득 찼구나. 인생이란 어리석은 자가 그
림자 속을 걷는 것과 같고, 무대 위에서 흥이나 덩실
거리지만 얼마 안 가 잊혀지고 마는 처량한 배우일
뿐이다." (큰소리로 민희에게) 셰익스피어! 참으로 훌륭
한 작가가 아닌가? 누구도 이런 작품을 쓰진 못하
지. 요즘 희곡들은 대부분이 이유 없는 분노로 가득
차 있거나 그렇지 않다면 그냥 낄낄대며 웃음이나
팔고 있지. 슬픈 일이야. 모두 다 사기꾼이야. 모두

자긴 아닌 척하는 거지. 오늘 밤, 이 도시에서 벌어지는 어떤 연극 중엔 말이야, 그냥 아무것도 아닌 것도 많아. 아니다. 내가 미쳤나 보다. 내 주제에 뭘 안다고 주절주절 떠벌리고. 한 잔 더 주게. 이번엔- 조니 워커! 온. 더. 락스!

광수가 다시 들어온다. 기천 옆에 앉는다. 광수의 태도가 이전보다 사뭇 부드러워졌다.

기천 : 오, 광수, 조광수가 돌아왔네. 내가 한 잔 사지. 뭘 마실래?

광수 : 전 됐습니다. 오늘 밤은 그만 마시세요.

기천 : 에이. 너무 걱정 말게. 난 이 바의 단골고객이고 앞으로도 계속 올 거야, "아, 눈에 보이지 않는 술 귀신아, 너한테 아직 이름이 없다면 이제부턴 널 악마라고 부를 테다." (팔을 높이 흔들다 쓰러진다. 광수가 부축한다)

**광수** : 제가 좀 심했습니다. 사과드립니다.

**기천** : 사과? 사과 갖고 왔어? 난 배가 더 좋은데. 하하하.

**광수** : 선배님 심기를 불편하게 만들어 죄송했습니다.

**기천** : 진심인가?

**광수** : 선배님 심기를 불편하게 만들어 죄송했습니다. (심호흡) 제 연극엔 사랑과 자비심이 빠져 있었던 거 같아요. 어찌 보면 제 인생도 연극을 하고 있는 거나 마찬가진데 말이죠. (사이) 선배님은 좋은 배우입니다. 제 연극에 출연해주면 좋겠습니다.

**기천** : 진짜? (기천, 일어서다 넘어진다. 광수가 부축한다.) 고맙네, 광수. 난 자네가 그럴 줄 알았네. 난 뮤지컬도 잘해낼 수 있어.

**광수** : 이번 뮤지컬 말고요. 연극에 출연하는 겁니다.

기천 : 연극! 나야 더 좋지. 난 원래 연극 체질이거든. "빛나
라 태양아, 내가 간! 다!" 뭐든 맡겨 줘.

광수 : 두 배역만 남았습니다. (심호흡. 사이) 하나는 지나가
는 행인이고.

기천 : 행인? (약간 실망스러운 표정. 이내 태도를 고치며) 괜찮
네. 또 다른 배역은?

광수 : 그게, 협박범인데요…

기천 : 협박범?

광수 : 선배님이 하기엔….

기천 : 어허! 작은 배우는 있어도 작은 역할은 없다!

광수 : 그래도….
기천 : 아니 왜 그렇게 부정적이야?

광수 : 선배님은 조금 전 저한테 협박을 하면서도 미안해했잖아요. 이 작품에 나오는 협박범은 아주 거칠고 무자비한 악당이거든요.

기천 : 다 연기잖아. 배우는 뭐든 다 연기 할 수 있어야 해. 그래야 큰 배우지.

광수 : 맞습니다. 하지만 지금은 돈이 필요한 것 같으니 대사 없는 행인으로….

기천 : 뭐야? 날 무시하나? 대본을 줘봐. 내가 리딩하는 거 보고 결정해.

광수 : (생각을 깊게 하는 듯) 좋습니다. (광수, 기천에게 대본을 건네준다.)

기천 : 쪽대본이네.

광수 : 급히 오다 보니 그렇게 됐습니다.

기천 : 아냐, 괜찮아. 다시 되돌아온 게 중요한 거지.

광수 : 협박범의 이름은 기요시입니다.

기천 : 기요시? 일본인 이름이네.

광수 : 일본에서 수입된 한물간 조폭으로 설정했습니다.

기천 : 그럼 대사를 일본 악센트로 해야겠네.

광수 : 꼭 그러실 필요는 없습니다.

기천 : 아냐, 그렇게 해야 인물의 진정성을 가질 거야.

광수 : 협박범은 작품 전체에 걸쳐 긴장감을 더하고, 마지막 장면에선 기막힌 반전을 만들어냅니다.

기천 : 오… 흥미롭네. 자, 읽어볼게. (쪽지를 펼쳐 든다. 긴장감이 엿보인다. 마른기침. 입술과 혀를 푸는 동작. 어설픈 일본 악센트.) "이보게, 친구, 양촌이. 날 자꾸 피곤하게

만들지 말게." 잠깐만. 처음이라 약간 어색하네. 혀 좀 돌리고. (심호흡) "난 그저 약간의 호의가 필요할 뿐이야. 그게 그리도 힘이 드나 친구." 어때? "작년 9월 1일, 새벽 3시경. 강남 테헤란로 힐사이드 호텔 뒷골목. 어때? 기억이 새록새록 나겠지?" 괜찮아? 일본 악센트가 좀 사나? (사이) 끝부분 읽어 볼게. "하하하 내 요구는 간단해. 테헤란로 서쪽, 반만 떼 주면 되네. 그럼 내가 영원히 입을 닫아 주겠네. 흐흐흐…."

광수 : 선배님, 살아있는데요.

기천 : 내가 해도 되겠나?

광수 : 그럼 누가 합니까?!

기천 : 하하하. 내가 아직 죽지 않았어, 응?

광수 : 네. 근데 말입니다.

기천 : 또 뭔가?

낯선 사람들

광수 : 제작자는 이 역에 조인성을 캐스팅하고 싶어 하는데 스케줄이 안 맞아 애를 먹나 봐요.

기천 : 자네가 말 좀 잘해 주게. 솔직히 내가 조인성보다 낫 잖아.

광수 : 직접 만나서 보여주면 어떻겠어요?

기천 : 누군데?

광수 : 별명인데 독사입니다.

기천 : (미심쩍게) 독사? 그 사기꾼?

광수 : 항간의 소문은 믿을 거 못 돼요. 독사라야 이번 작 품을 아주 크게 홍보하고 키울 수 있어요. 맘에 들 면 개런티도 아주 높을 겁니다.

기천 : (고민한다) 알았어. 하지만 난 나의 능력을 보여주고 정확하게 계약을 할 거네.

광수 : 그렇게 하서야죠. (지갑을 꺼낸다) 여기 30만 원입니다. 이발도 하시고 옷도 새 걸로 하나 사 입으세요. 대사 연습 많이 하시구요. 까먹으면 안 돼요.

기천 : 걱정 말게. 무대에서 보자고!

광수 : 내일 여기서 만나는 걸로 하고, 이만 일어날게요.

기천 : 그래. 바쁠 텐데 얼른 가봐.

광수 : (나가며) 대사 까먹으면 정말 안 됩니다.

기천 : 걸어 다니면서도 외울게. 고마워, 정말.

기천, 광수가 나갈 때까지 손을 흔들며 웃는다, 비틀거린다.

민희 : (바위에 놓인 쪽지를 보고, 기천의 일본어 악센트 흉내를 내며) "이보게, 친구. 날 자꾸 피곤하게 만들지 말게. 난 그저 약간의 호의가 필요할 뿐이야. 그게 그리도 힘이 드나 친구. 우하하하."

낯선 사람들

기천 : (부드럽게) 민희 양.

민희 : (기쁘게) 선생님.

기천 : 나, 술 끊었다!

음악에 맞춰 춤을 추는 기천과 민희

장기하의 노래 "달이 차오른다 가자"

조명 OUT

다음 날 저녁. 조명은 기천만 비춘다. 기천, 긴장된 모습. 벽면 포스터 옆에 서서 대사를 적은 쪽지를 보며 연신 외우고 또 외운다. "이보게, 친구. 날- 피곤하게 만들지 말게. 난- 호-의가 필요할 뿐이야. (사이) 작년 9월- 1일? 2일?! 새벽 3시경. 강남 테헤란로 … 힐… ( 쪽지를 본다. 사이) 힐사이드 호텔 골목. 김양춘. 이 이름, 기억나지? 지금 이 친구가 세상에 없다는 것도 난 알지. 하하하.

기천, 바로 들어온다. 조명 밝아진다. 관객을 등지고 한쪽 테이블에 비스듬히 앉아 있는 중절모를 쓰고 바바리코트를 입은 남자의 뒷모습이 보인다. 기천, 민희에게로 간다.

**기천** : 민희 양, 제작자 왔어?

**민희** : (조그맣게) 네, 벌써 와 있어요. 저기요. 자기를 찾는 사람이 있으면 안내해 달라고 하더군요. 잘하세요. 파이팅! (물 한 잔 건넨다)

**기천** : 고마워. (물을 들이키고 입술을 푼다. 심호흡. 쪽지를 본다. 중얼거린다. 큰기침. 가까이 성큼성큼 다가간다. 비장한 각오. 일본 악센트에 한국말) "어이, 내 친구 양촌이! 요즘 아주 잘 나가던데. 강남의 나이트와 룸살롱. 아주 어마어마한 부자가 되셨더군 그래."

**양촌** : (약간 당황하는 듯한 움직임과 목소리) 당… 당신 누구야?

**기천** : 내 이름? 와따시노 나마에와 기요시데스.

**양촌** : 기요시?

낯선 사람들

기천 : "이보게, 친구. 뭘 그리 놀라나. 날 자꾸 피곤하게 만들지 말게. 난 그저 약간의 호의가 필요할 뿐이야. 그게 그리도 힘이 드나 친구. (사이) 작년 9월 1일, 새벽 3시경. 강남 테헤란로 힐… 힐…사이드! 호텔 뒷골목. (사이) 기억나지? 내가 너무 많은 걸 알고 있나? 하하하. (사이) 그 골목에 CCTV도 설치되어 있지 않아 니가 작업하기는 딱 좋았어. 하지만! 누군가가 처음부터 다 봤단 말이지. 누가 어디서 어떻게 봤는지 그건 자네가 알 필요 없어. (사이) 나도 프로니깐 너희들 조직에서 나를 어찌해도 소용없는 건 잘 알 거야. 만약에 말이야, 나한테 좋지 않은 일이 일어날 경우, 한국 경찰에서 다 알 수 있도록 이미 조치를 취해 놓았단 말이지. 그러니 날 어찌해보겠단 생각은 안 하는 게 좋을 거야. (사이) 테헤란로 서쪽 반만 우리 쪽에 떼어주면 돼. 그럼 영원히 입 다물어주겠다. 하하하."

남자 : (냉정한 목소리로) 뭐야, 이 새끼. (발목에서 칼을 꺼낸다)

기천 : (더욱 멋진 연기를 보이려고 에드립을 친다) "하하하. 칼을

꺼내는 걸 보니 겁은 나는가 보지? 나는 진실을 알고 있고, 자네는 그저 자네가 가진 거에서 조금만 나눠 주면 되는 거야. 아주 간단해. 하하하."

남자, 칼을 들고 기천 앞으로 다가간다.

기천 : 어? (놀라지만 애써 태연한 척 한다. 약간 뒤로 물러서며) "오호…. 오히려 날 위협하시겠다? 흥분하지 말게. 테헤란로 서쪽 반만 떼 주면 돼. 그러면 영원히 입 다물어 주겠네. 하하하."

남자 : (기천에게 달려든다) 이 쪽바리 새끼가… 어디서 감히!

기천 : (놀란다. 뒤로 물러선다) 잠깐, 잠깐…! 치, 친구! 끝까지 들어보게 끝까지…! 이게 아냐, 아냐…!

남자 : 쪽바리 노무새끼! (칼로 기천의 배를 여러 차례 마구 찌른다. 기천이 쓰러진다. 남자는 칼을 기천의 몸에 던지고 급하게 나간다. 민희, 움직이지 않는다)

낯선 사람들

기천 : 이봐 친구, 난… 난… 말이야…. 배우야. 배우라고. 어이 친구. 가지 말고 끝까지 들어봐. (입에 피를 흘린 다. 민희가 달려와 기천을 부축한다. 기천, 멋쩍게 민희를 향해 웃으며 햄릿의 대사를 외친다) "죽느냐 사느냐, 이것이 문제로다. 가혹한 운명의 화살과 돌팔매를 견디는 것이 고상한 것인가, 아니면 무기를 들고 고난의 바다에 뛰어들어 물리치는 것이 고상한 것인가. 죽는 다는 것은 다만 잠드는 것일 뿐…. (기침. 입가에 피가 튄다) 잠이 들면 꿈을 꿀 것이다 (기침. 다시 피가 튄다) / (민희를 보고) 아… 아름다운 내 사랑, 오필리어, 나의 요정이여. 내 모든 죄를 위해 기도해 주시오." (죽는다)

민희 : 선… 선생님….

장기하의 '아무것도 없잖아'가 울려 퍼진다.
조명은 기천의 얼굴과 민희의 얼굴을 잠시 비추다 OUT.

막.

할머니가 살았네

등장인물

할머니

젊은 남자

젊은 여자

정육점 주인

경상도 안동 외곽의 대가 집. 대문에 누가 죽었는지 '근조'라 적힌 조등이 걸려 있다. 큰길가에 위치해 있다. 대문 옆, 약간 떨어진 담장 옆에 시골 마을버스 정류장 간판이 보이고, 그 옆에 놓인 벤치에 남자와 여자가 앉아 있다. 낡아 보이는 짐 가방들이 옆에 놓여 있다. 행색으로 보아 며칠을 굶은 듯하고 행색이 남루하다. 많이 지쳐 보인다. 며칠째 제대로 먹질 못해 배가 고프다. 고양이 울음소리가 들린다.

여자 : 배가 너무 고파.

남자 : 좀 참아. 여기서 잡히면 끝장이라고.

여자 : 그래도 배는 고파. 뭘 좀 먹었으면 좋겠어.

남자 : 나도 그랬으면 좋겠어. 하지만 지금은 어쩔 수 없잖아.

여자 : 배가 고픈 건 고픈 거야.

남자 : (역정을 내며) 그만 좀 해.

여자 : 뭘 그만 좀 해. 자기나 내가 그만하라고 했을 때 그만했으면 이 고생 안 했잖아.

남자 : 이걸 그냥 콱. 내가 나 혼자 잘 살자고 그랬냐? 우리라고 언제까지 빌빌거리고 살 순 없었잖아. 만호 그 새끼가 경찰한테 까발리지만 않았어도 크게 한탕 할 수 있었단 말이야.

여자 : 한탕! 한탕! 한탕! 남 탓하지 마. 자기도 만호한테 잘한 거 없어, 뭐. 그나저나 이제 어떻게 살아? 이렇게 도망다닌지도 벌써 한 달이 넘었다고. 모텔에 들어갈 돈도 이젠 없어. 우리 그냥 자수하면 안 될까?

남자 : 뭐? 정신 나갔어? 내가 자수하면? 난 감방에 들어가고 넌 딴 놈 만나서 팔자 고치게?

여자 : 무슨 말을 그렇게 해?

남자 : 그런 게 아니면? 앞으론 자수니 뭐니 그따위 말 다신 꺼내지마. 조금만 참아. 좋은 날이 올 거라고. 이 순

낯선 시민들

간만 잘 버텨내면 머지않아 크게 한탕 할 일이 생길
거고 그러면 우린 다시 일어설 수 있다고. 당신, 밍
크코트 입고 싶다 그랬지? 다이아? 벤츠? 다 사줄게.
당신 좋아하는 씨푸드 뷔페, 그거 매일 가자.

여자 : 진짜? 알았어. 약속 꼭 지켜야 돼. 여보, 그래도 지
금은 배가 고프다. 짜장면이라도 한 그릇 먹었으면
좋겠다. 당신도 먹고 싶지, 응?

남자 : (깊은 한숨. 아내를 한참 본다) 음…. (지나가는 행인을 보
자) 고개 숙여.

정육점 주인이 큰 종이봉지를 들고 지나간다. 종이봉지엔 '최
상급 미국산 한우 전문'이라고 적혀 있고 전화번호 293-5246, 그
밑에는 번호를 따라서 '미국산 고기사유'라는 정육점 이름이 적
혀 있다. 정육점 주인이 남자와 여자를 힐끗 본다. 남자, 여자
입맛을 다신다. 고기 봉지를 숨기듯 손을 바꿔 든다. 뒤를 힐끗
힐끗 쳐다보며 지나간다.

여자 : 여보, 우리 고기 먹은 지가 언제야?

남자 : 글쎄….

여자 : 꽃등심으로다가 딱 3인분만 먹었으면 좋겠다.

남자 : 난 차돌박이로 무한리필. 차돌박인 빨리 익어서 금
방 먹을 수 있거든.

여자 : 나도 차돌박이.

정육점 주인이 할머니 집 대문을 두드린다. 할머니가 나온다.
(할머니의 말투엔 반말이 살짝 섞인나)

할머니 : 오늘은 좀 일찍 왔네.

정육점 주인: 잘 주무셨어요? 오늘은 배달할 집이 많아서 일
찍 들렀어요. (고기가 든 종이봉지를 건넨다) 기름이 적은 안심 부
위하고 미역국을 끓여 드시라고 양지머리로 좀 가져왔어요. 미
역이 피를 맑게 한대요.

할머니 : 우리 철이가 없으니 이젠 누가 이 맛있는 고기를 먹
나?

낯선 시 리 즈

**정육점 주인** : 상심이 크시죠? 철이를 많이 예뻐하셨는데. 고통스럽게 죽었나요? (집안에서 고양이 소리)

**할머니** : 오- 아니에요. 그냥 경련만 한 번 했어. (옆의 남자와 여자를 발견한다. 잠시 사이) 내가 이제 죽을 날이 얼마 안 남은 것 같아.

**정육점 주인** : 그런 말씀 마세요. 가족들이 많이 찾아올 거예요. 할머니 유산이 얼만데요.

**할머니** : 내 정신이 오락가락해. 나이가 드니 가족들이 누가 누군지 기억을 못 하겠어. 어떻게 일을 처리해야 할지 잘 모르겠어요.

**정육점 주인** : 만나면 얼굴이 다 기억나실 거고, 그러면 상속 문제는 잘 해결될 겁니다.

**할머니** : 그러겠지?

**정육점 주인** : 그렇죠. 너무 걱정하지 마시고 맘 편히 지내세요. 내일 또 올게요.

할머니 : 그래, 잘 가요.

할머니, 들어간다. 조등을 내려서 들고 들어간다. 정육점 주인은 상심한 듯, 떠나려다 할머니 집을 뒤돌아본다. 길가에서 이야기를 다 들은 남자와 여자, 주인을 막아선다.

남자 : 저, 잠깐만요, 주인.

정육점 주인 : 네? 아, 고기 사시게요?

남자 : 아, 네.

여자 : (조그맣게) 여보, 뭐야 지금. 우리 버스비만 남겨둔 거야. 그 돈을 다 쓰면 어떡해?

남자 : (정육점주인에게) 아뇨. 그냥 뭐 좀 여쭤볼게요. 저 할머니 댁에서 누가 죽었나요?

정육점 주인 : 아- 쯧쯧…. 할머니 조카가 죽었데요.

남자 : 그래요? 참 안 됐네요.

정육점 주인 : 그렇죠. 사람이 죽는 것도 죽는 거지만, 저 할머니도
왜 저러고 사나 모르겠어요. 돈도 엄청 많은데 말이
죠. 나 같으면 그냥 일할 사람 하나 구해서 집안일은
다 맡기고, 남은 인생 편안하게 여행이나 다니면서
인생을 짠하게 살다 죽을 텐데…. 쯧쯧 저 집에 무슨
미련이 남았는지 저길 떠나질 않으시니…. 알다가도
모를 일이죠.

여자 : 혼자 사는 게 편해서 그러는지도 모르죠. 요즘 돈
있는 분들은 늙어도 자식들과 함께 안 산다고 해요.

정육점 주인 : 하지만 저 집 좀 보세요. 낡고 오래되고, 게다가 할
머니 혼자 지내기엔 지나치게 크잖아요. 저런 데서
혼자 살고 있으니 딱해요. 게다가 집 밖으로 잘 나오
시지도 않으세요. 내가 갈 때만 잠깐 문 앞까지 나와
요. 동네 사람들이랑 어울리지도 않고, 저 집안에 할
머니만큼이나 늙은 고양이 한 마리가 있는데, 그게 유
일한 할머니 말 상대인가 봐요. 할머니가 어떻게 사는
지 다른 가족이나 친척들은 별 관심이 없나 봐요.

**남자 :** 아저씨 생각만큼은 돈이 없는 거겠죠. 아님 가족이
거의 없거나.

**정육점 주인 :** 아니에요. 가족은 제가 잘 모르겠지만, 돈은 아네
요. 이 비싼 미국산 한우 고기 값을 꼬박꼬박 잘 주
세요. 내가 마을에서 들은 거로는, 재산이 꽤 많이
있데요. 수백억대 재산가란 소문도 파다해요. 집 크
기 좀 보세요. 예전에 잘 살았던 건 분명하잖아요.
물려받은 땅이 너무 많아 다 찾을 수도 없다는 소문
까지 있어요. 은행 거래를 하지 않으니 정확한 건 아
무도 모르죠. (의미심장하게) 네 생각엔, 아마도 저 집
어딘가에 돈을 감춰놓고 쓰는 게 분명해요. 방안에
큰 금고가 있지 않을까요?

**남자 :** (눈빛이 번뜩인다) 그럴 수도 있겠군요.

**정육점 주인 :** (가방을 본다. 분위기를 바꿀 겸 말을 바꾼다) 어디 여행
중이신가 봐요?

**남자 :** 네.

낯선 사람들

**정육점 주인** : 부부가 함께 다니니 얼마나 좋으시겠어요. 참 부럽
　　　　　　네요. 난 언제나 여행 한번 해보나…. 365일 이 백정
　　　　　　노릇…. 죽을 때쯤 되어야 여행할 수 있으려나…. 좋
　　　　　　은 여행 되세요. (퇴장)


　남자와 여자, 사라지는 정육점 주인의 뒷모습을 바라본다. 남
자의 얼굴에 미소가 번진다. 싱긋 웃는다. 대문을 바라본다.


　**남자** : 여보, 가방 들어! 가자.


　**여자** : 어디로?


　**남자** : 좋은 생각이 났어. 당신은 그저 내가 시키는 대로 하
　　　　면 마음껏 먹을 수 있어.


　**여자** : 진짜?


　**남자** : 그럼. 나만 믿어. (여자, 씩씩한 모습으로 재빨리 가방을
　　　　든다. 남자, 할머니 집 앞에 선다)

여자 : 간다면서 그 집엔 왜?

남자 : 여보. 당신은 그냥 입 다물고 예쁘게 있으면 돼.

여자 : (그제야 깨닫고) 또 무모하게 일 벌이는 거 아냐?

남자 : 좀 조용히 해. 내 머리 속에 계획이 다 있어. (남자가
문을 두드리려는데 할머니가 문을 열고 나온다. 남자, 여자
순간 당황한다)

할머니 : 어서 오세요.

남자 : 안녕하세요. 할머니. 저는 철민이고요, 이쪽은 집사
람인….

여자 : 영미입니다.

할머니 : 오… 가만있자, 철민이? (남녀, 순간적으로 불안함을 느
낀다) 아, 철이 동생이구나.

남자 : (안도의 한숨) 네. 그래요. 바로 직계는 아니고요, 이
　　　종에 8촌 동생쯤 됩니다.

할머니 : 그래. 반가워. 가방이 꽤 많네. 여기는 찢어졌어.

남자 : 아, 네. 그게요. 여기까지 오는 길에 사정이 약간 생겼네
　　　요.

여자 : 호텔을 잡으면 가방부터 바꿀 생각입니다.

할머니 : 아니, 호텔엔 왜 가요. 철이 가족을 호텔로 보낼 순
　　　없어요. 여기 빈방이 많아요. 여기서 묵으면 돼요.
　　　(여자, 남자에게 성공했다는 뜻의 윙크를 보낸다) 자, 어서
　　　들어와요.

집 안으로 들어간다. 할머니는 빈 곳을 가리키며 말한다. 마
치 할머니의 눈엔 다 보이는 듯이, 혹은 있는 듯이. 마당엔 식탁
과 의자가 일렬로 놓여 있다.

할머니 : 정원에 꽃들이 참 아름답게 폈지요. 난 물망초 꽃이
　　　좋답니다. 꽃말이….

여자 : '나를 잊지 마세요.'

할머니 : 맞아요. 잘 아네요. 꽃말 때문에 전 이 꽃을 좋아한
답니다. 아, 저기 저 사랑방이 좋겠네요. 저기서 묵도
록 해요. 제가 있는 방은 이쪽입니다. 그리고…. (테이
블 쪽으로 간다)

여자 : 여보, 여보. 할머니가 좀 그렇지 않아요?

남자 : 쉿! 그럴수록 우리한텐 좋아. 오히려 잘 된 거야.

할머니 : 철이의 어머니 쪽, 외가 쪽이라고 했죠? (대청마루, 긴
낮은 탁자, 붉은색의 방석이 죽 가지런히 놓여 있는 곳을 보
며) 자, 다들 여길 잠깐 보세요. 철민이 부부가 왔어
요. 그러니까 철이의 외가 쪽 이종….

남자 : 8촌입니다.

할머니 : 응. 8촌 되는 동생이랍니다.

낯선 사람들

여자 : 여보, 나 왠지 좀 그러네. 으스스해.

남자 : 그만. 내가 다 알아서 한다잖아.

여자 : 저 할머니 예삿분이 아닌 것 같아. 우리가 거짓말한
다는 걸 다 알고 있는 것 같아.

남자 : 이 여편네가….

할머니 : (남자와 여자에게) 모든 사람이 두 분을 만나고 싶어
하는군요. 물론 예상치 못했겠지만, 철이 사촌들과
이모들이 이미 와 있어요. (의자를 하나씩 가리키며) 여
긴 사촌 큰형 철진이, 이쪽은 둘째 철구, 셋째 철용
이, 그리고 사촌 누나 철순이와 철순이 남편, (철민에
게) 철민이한테는 매형이 되겠네. 오랜만에 봤지? 아
냐, 아냐. 처음 봤겠다. 인사해요. 그리고 철이 이모
와 이모부. 아! (여자, 이상하다는 눈치를 남자에게 준다.
남자는 할머니가 미쳤다는 제스처를 한다) 이쪽은 철이
친가 쪽인데, 첫째 고모님과 둘째 고모님 그리고 작
은아버지, 작은엄마. 불행하게도 철이의 부모님은 일

찍 세상을 떴어요. (남자와 여자를 가리키며) 두 분은 이쪽 끝자리에 앉으세요. (남자와 여자는 내키지 않지만, 마치 옆에 사람이 있는 것처럼 어색하게 동조한다) 두 분이 오는 걸 모르고 벌써 유언장을 읽었어요. 그렇지만 두 분에 대한 언급이 없고 유산도 두 분에겐 안 남겼으니깐 별 탈 없을 거예요. 철이랑은 평상시에 별로 연락 안 하고 지냈나 봐요? (남자와 여자, 당황하며 어색하게 웃는다) 그래도 이렇게 찾아와 준 것만 해도 참 고마운 거예요. (빈 방석을 보며) 새미야, 이젠 그만 울어라. 철이는 좀 더 좋은 곳으로 간 거예요. 그만 방으로 가서 쉬도록 해요. (한쪽에 놓인 고양이 인형을 보며) 나비야! 넌 점점 뚱뚱해지고 게을러지는구나. 움직이질 않아서 그런 거야. 그래서야 어떻게 쥐를 잡니? (고양이 소리. 고양이 코를 톡 친다. 남자와 여자에게) 자, 이젠 방으로 가서 좀 쉬어요. 아, 참. 철이를 먼저 봐야겠죠? (중간에 놓인 긴 탁자의 뚜껑을 연다. 거기에 시신은 없고 단지 모자, 안경, 윗도리, 나비넥타이, 코르사주, 흰 장갑, 바지, 신발 등이 사람의 형상을 만들 듯 가지런히 놓여 있다. 고양이 소리. 여자, 당황해서 남자 뒤로 숨는다. 어쩔 줄 모른다) 우리 철이, 참 편안해 보이죠? 그렇죠? (할머니, 물끄러미 바라본다)

여자 : (놀란 가슴으로) 여보, 여보. 할머니, 완전 미쳤어. 완
전 미쳤어!

남자 : 우리도 미쳤잖아.

여자 : 뭐야?

남자 : 여보. 잘하면 말이야, 여기가 우리 인생의 전환점이
될 수 있을 것 같아. 당신은 내가 시키는 대로만 해.

할머니 : (탁자를 덮고 난 후) 젊은 사람이 죽었을 땐 장례식이 훨
씬 더 슬퍼져요. 참 잘생기고 멋진 아이였는데. (방석을
보면서) 자, 이제 다들 좀 쉬세요. 각자 방으로 들어가
세요.

(남자와 여자에게) 점심이 가까워 오는데 뭘 해드려야 할지 모르
겠네요. 미리 연락을 줬으면 맛있는 걸 준비를 했을 텐데. (나가는
사람들에게 말하는 것처럼) 장례식 때문에 오늘 점심은 좀 빨리 먹
을 거예요. 준비되면 부를게요. 두 분도 들어가서 그만 쉬세요.
(부엌으로 퇴장)

여자 : 네, 감사합니다.

남자 : (할머니가 나간 것을 확인하곤) 할머니가 부엌으로 갔
어. 얼른 돈을 찾아보자고. 내가 할머니 방으로 들
어갈 테니까 당신은 문 앞에서 망을 봐.

여자 : 뭐 좀 먹고 찾으면 안 돼?

남자 : 돈 찾고 먹자. 그다음엔 먹고 싶은 거 다 먹어.

여자 : 당신은 다 좋은데 너무 시두는 게 문제야.

남자 : 얼른 망이나 봐.

잽싸게 망을 보는 동작. 남자와 여자, 눈빛을 교환하고 남자는
방으로 들어간다. 여자가 망을 열심히 본다. 잠시 후, 배가 고파
한눈을 판다. 그 사이에 할머니가 여자 앞에 서 있다. 여자 소
스라치게 놀란다. 놀란 소리에 허겁지겁 남편이 뛰어나온다.

남자 : 왜, 왜 그래? (할머니를 보고) 할… 할머니.

할머니 : 쯧쯧. (방 안으로 들어갔다 나온다) 내 방을 다 어질러 놨어. 숨바꼭질은 마당에서 하는 거예요. (여자는 가슴을 쓸어내리고, 남자의 태도가 바뀐다)

남자 : (살기를 띈다. 할머니의 팔을 잡는다) 할머니, 기왕 이렇게 된 거 숨기지 않겠습니다. 우린 돈이 필요해서 왔습니다. 약간의 돈이면 됩니다. 할머니가 가지고 있는 돈이든, 철이가 남긴 유산이든 조금만 나눠주세요. 그러면 여기서 당장 나갈게요.

할머니 : 아…. 돈 때문에 오신 분이군요. 어쩌죠? 나나 철이나 두 분에게는 아무것도 줄 게 없는데.

여자 : 할머니. 할머니 방은 제가 다시 다 정리할게요. 약간의 돈과 밥만 주면 우리는 금방 떠날 거예요. 믿어주세요, 할머니. 우린 사흘을 굶어서 배가 너무 고파요.

할머니 : 응? 이를 어째. 점심은 이미 다 먹었어요. 당신들이 여기 있는 동안 다 먹었어요. 그러니 이제 두 분은 가는 게 좋겠군요. 돈이 필요하다면 제가 조금 드릴게요. (치마를 걷어 올리고 속바지를 더듬거린다) 어머, 지

갑이 없네. 어디 갔지? 집에 손님들이 꽉 차 있는데 도둑이 들었을 리도 없고…. (여자에게) 내 지갑 못 봤어요?

여자 : (당황해서 부인하며) 아뇨. 난 못 봤어요. (어설프게 웃으며) 내가 그걸 어떻게 봐요. 어떻게 생긴 지도 모르는데요. 호호호….

할머니 : (방으로 들어가며) 내가 지갑을 어디 두었지? (퇴장)

여자 : 할머니, 할머니! 아, 배고파. (남자에게) 내가 직접 부엌에 들어가 볼게.

남자 : 그래. 아무거나 먹을 만하면 다 들고나와.

여자 : 알았어. (남자는 초조하게 방석을 본다. 잠시 후 여자가 나온다. 곰팡이가 슨 음식들을 가지고 나온다)

여자 : 아무것도 없어. 냉장고가 텅텅 비었어. 그나마 있는 것들도 죄다 곰팡이가 다 슬었어. 먹을 만한 건 이우유밖에 없더라.

낯선 사람들

남자 : 이리 줘 봐.

여자 : 싫어. 이 우유 상했다.

남자 : 뭐? (마셔본다. 상했다. 뱉는다) 웩⋯. 참, 고기 배달 왔
잖아. 그거 어딨어?

여자 : 그걸 내가 어떻게 알아.

남자 : 냉장고에 없어?

여자 : 없어. 있으면 가지고 왔지.

남자 : 맞다. 할망구만이 아는 곳이 따로 있는 게 분명해.
좀 전에 받은 고기가 없잖아. 고기를 숨겨 놓은 곳에
돈을 숨겨 놓은 금고도 있을 거야.

여자 : 자기가 자꾸 고기, 고기 그러니깐 불고기 버거가 너
무 먹고 싶네.

남자 : 일 끝내고 먹자. 서둘러야 되겠다. 우리가 여기 있었
　　　다는 걸 누가 알면 곤란해져.

여자 : 여보, 내 생각엔 말야…. (싱긋 미소를 지으며) 이 할머
　　　닌 돈이 없을 것 같아.

남자 : (큰소리로) 안 돼! 있어야 돼! (자신도 놀라 입을 틀어막
　　　는다)

여자 : 아휴, 놀래라.

남자 : 이 집 어딘가에 돈이 분명히 있어. 고기가 그 증거
　　　야. 고기 숨겨둔 곳을 알아내자.

여자 : 알았어. 근데, 어떻게 알아내?

남자 : 그건… 지금부터 알아내야지.

　　남자와 여자, 후다닥후다닥 서로 찾아볼 곳을 정한다. 아내가
방으로 간다. 뒤이어 남자가 부엌으로 간다. 할머니가 나온다.

낯선 시람들

여자와 마주친다. 여자, 뒤돌면서 외면하는 척한다. 할머니, 근
심스럽다. 남자, 얼른 되돌아온다.

할머니 : 지갑을 찾을 수가 없어. 아무래도 장례식을 연기해
　　　　야 할 것 같네요. (남자와 여자를 보며) 철이의 유산을
　　　　노리는 사람들이 떠날 때까진 안 할 거예요.

남자 : (어쩔 수 없는 척하며) 그래요, 할머니. 할머니 맘대로
　　　하세요. 우리 그냥 밥만 먹고 떠날게요. 남은 밥이
　　　나 한 그릇 주세요.

여자 : (영리한 척 나서며) 반찬은 별 필요 없어요, 할머니. 그
　　　저 먹다 남은 고기가 있다면 그거나 한 점 주세요.
　　　그것만 먹고 떠날게요. (여자, 남자에게 윙크한다)

할머니 : 고기? 고기… 아! 그거 있는데….

남자 : 있어요?

할머니 : 그걸 어따 뒀더라?

여자 : 잘 생각해보세요, 할머니.

남자 : 이 집안에 혹시 창고나 지하실 같은 거 없어요?

할머니 : 응. 창고는 있는데 지하실은 없어. 그 대신 다락방은
있지.

남자/여자 : 다락방?

여자 : 그랬군요.

남자 : (할머니에게) 할머니, 다락방은 제가 가볼게요. 할머닌
여기 의자에 잠깐 앉아 쉬고 계세요. (여자에게) 내가
다락방을 뒤져볼게. (속삭인다) 당신은 여기서 할머닐
잘 감시해.

여자 : 응, 이번엔 걱정 마.

할머니 : 휴…. (빈 의자를 보며 말한다) 여러분, 시장하시죠? 새
참 준비할게요.

낯선 사람들

여자 : 네에? 새, 새참 준비요? (동조하듯이) 그래요! 얼른얼
른 준비해주세요.


할머니는 부엌으로 들어가고 여자는 부엌문 옆에서 안쪽을
힐끔 본다. 할머니, 그릇과 접시, 수저를 한가득 밀차에 싣고 들
어온다. 여자 재빨리 테이블로 돌아와 앉는다.


할머니 : (테이블의 제일 상석을 가리키며) 내가 여기 앉아야 하니
깐 남자분들은 이쪽, 왼쪽으로 앉아주시고 여자분
들은 오른쪽으로 앉아주세요. (여자에게) 앉아 있지
말고 날 좀 도와줘요. (여자, 벌떡 일어난다. 할머니와 함
께 그릇과 숟가락, 젓가락을 세팅한다. 그러자 남자가 돌아
온다) 두 분은 저기 끝으로 앉으세요.


여자 : (자리에 앉으며 남자에게) 찾았어?


남자 : 아무리 찾아도 없어.


여자 : 어떡해….

할머니 : (자리에 앉는다) 김치 겉절이하고 국수를 삶았어요. 다들 마음껏 드세요. (접시와 수저, 큰 그릇은 그럴듯하게 세팅이 되어있지만 음식은 하나도 없다) 맛이 있어야 할 텐데…. 고모부, 고모님 많이 드세요. 철진이, 철용이는 매운맛을 좋아하니 양념장을 많이 넣어 먹어요. 난 의사가 한동안은 음식을 주의하라고 해서 여러분이 먹는 걸 지켜만 볼게요. (남자와 여자는 황당하다. 할머니가 남자와 여자를 본다. 남자와 여자, 어쩔 수 없이 먹는 흉내를 낸다. 할머니 싱긋 웃는다. 다른 의자를 보며) 네. 그래요, 큰 고모님. 고추와 배추는 우리 텃밭에서 기른 거예요. 싱싱하죠? (다른 의자를 보며) 호호호…. 솜씨는 무슨 솜씨예요. 다 자기들이 알아서 크는 겁니다. (다른 의자를 보며) 그냥 씨알이 굵은 거예요. 감자는 땅속에 묻어두기만 하면 지네들이 알아서 잘 크거든요. (남자 쪽을 보며) 벌써 다 드셨어요? 더 드세요. (큰 그릇을 잡는다) 어머, 국수가 다 떨어졌네. 어떡하지? 작은아버님은 소고기를 좋아하시죠? 안심 스테이크 하나 해드려요? 마침 오늘 아침에 온 게 있어요. 금방 구워 올게요. (자리에서 일어나 나가려고 한다)

낯선 사님늘

여자 : 안심? 여보, 할머니가 안심 스테이크라고 했지, 응?

남자 : 됐어. 그만 됐다고. 지금 당장 끝장을 내야겠어. (주
머니에서 칼을 꺼낸다. 고양이 소리. 남자, 할머니에게로 가
서 칼을 겨눈다) 할매, 이제 그만 끝냅시다.

할머니 : 왜 그래? 철민 씨도 고기 먹고 싶어요?

남자 : 쇼 그만하고, 할머니가 가진 돈 약간만 나눠줘요.

할머니 : 싫어요.

남자 : 싫어도 해야 돼요. 숨겨둔 금고 있죠? 그리로 가요.

할머니 : 당신이 내 물건에 손대는 거 싫어요.

남자 : 어허, 이 할망구가? 난 당신을 죽일 수도 있어! 빨리
앞장서요.

여자 : (속삭이듯) 여보, 너무 심하게 몰아붙여선 안 돼. 급
하게 서둘지도 마.

남자 : (알았다는 듯 고개를 끄덕인다)

할머니는 일어나서 초상화가 걸려있는 벽으로 간다. 근심스럽게 남자와 여자를 쳐다본다. 남자는 부드러운 인상을 지으려고 한다. 할머니가 초상화를 젖히자, 그 뒤쪽에 금고가 나타난다.

남자 : 아하…! 여기 금고가 있었어. (여자를 보며 미소를 짓는다)

여자 : (감격해 하며) 여보….

남자 : (할머니에게) 어서 열어요. 어서, 어서, 어서.

할머니 : 내 물건들을 그냥 둔다면 열게요.

남자 : 알았어요. 물건들은 그냥 둘게요. 아니, 두지 말래도 그냥 둬요. 열어요.

할머니 : 자꾸 윽박지르지 마세요. 열게요. (문을 열면서) 부끄러운 줄 아세요.

여자 : 죄송해요, 할머니. 조금이면 돼요.

낯선사람들

금고의 문이 열리자 남자가 할머니를 밀쳐내고 내용물을 꺼낸다. 돈은 안 보이고 서류뭉치만 보인다.

남자 : 마트 쿠폰. 홍보지. 영수증. 생활정보지. 이게 뭐야? 이건 전부 쓰레기잖아! (바닥에 내동댕이친다) 쓰레기! 할매! 돈, 돈은 어딨어?

할머니 : (종이들을 주우면서) 이러지 말아요. 약속했잖아요. 내 물건에 손 안 댄다고, 그냥 둔다고 했잖아요. 당신은 나쁜 사람이에요. 날 화나게 했어요. 난 이제 아무 말도 안 할 겁니다. 그리고 여긴 당신에게 줄 돈이 없어요.

남자 : 이 할망구가! 진짜 죽고 싶어 그래?

할머니 : (싱긋이 웃으며) 맘대로 하세요. 하지만 날 죽이면 아무것도 못 알아낼 거예요.

남자 : (비시시 웃으며) 그래? 그럼 할망구뿐만 아니라 여기 있는 사람들 다 죽일 거야.

할머니 : (놀라서) 아, 안 돼, 안 돼요. 손님들은 괴롭히지 마세요.

남자 : (애처로운 척) 나도 죽이고 싶지 않아요. 돈만 어딨는 지 말해줘요. 그러면 여기 있는 사람들 다 무사할 거고, 우린 여길 당장 떠날 겁니다.

할머니 : 오늘 밤까지 시간을 주세요.

남자 : 시간은 충분히 줬잖아요.

여자 : 여보, 할머니가 말 안 하면 우린 돈을 못 찾을 거예요. 밤까지 시간을 주는 게 좋을 것 같아요.

남자 : 좋아요 할머니, 오늘 밤까지 시간을 주지요. 그때까지 돈을 안 내놓으면 여기 있는 사람 모두 다 죽일 겁니다. 꼭 명심하세요.

할머니 : 네. (약간 초점을 잃은 걸음 거리로 힘없이 밀차를 밀며 부엌 쪽으로 가며) 나비야, (고양이 소리) 가자. 낮잠 잘 시간이다. 자, 여러분들도 한잠 주무세요. 저녁 다 되면 깨울게요. (퇴장)

낯선 사람들

남자 : 됐어. 여보. 이제 오늘 밤이면 해결되고 내일 아침, 날 밝는 대로 여길 떠나는 거야.

여자 : (감격해서) 여보- 당신, 너무 근사했어. 근데, 배는 여전히 고프네.

남자 : 오늘 밤만 넘기면 돼. 내일 아침엔 새로운 태양이 떠오를 거야. 방에 들어가서 저녁이 될 때까지 기다리자.

여자 : 응, 알았어. (목소리를 굵게) 여보. 나, 갑자기 자기를 뜯어먹고 싶어. (남자가 여자를 안고서 퇴장. 교태스러운, 섹시한 몸짓)


할머니가 밀차를 밀며 다시 등장. 밀차 위엔 큰 반죽 그릇과 주걱, 쥐약, 고양이 인형 등이 보인다. 긴 테이블 의자에 앉아 삶은 고구마의 껍질을 깐 뒤 고구마를 으깨고 있다. 그 옆에 고양이 인형이 그릇에 얼굴을 묻고 있다. 할머니가 고양이 인형의 코를 가볍게 친다.

할머니 : 안 돼. 나비야. 그렇게 먹으니깐 뚱뚱해져서 쥐도 못 잡는 거야. 이건 너 주는 게 아니라 쥐 잡으려고 하는 거야. 이렇게 고구마를 으깨서 쥐약과 섞으면 쥐들이 아주 맛있게 잘 먹지. 그저 창고에 넣어두기만 하면 돼. 쥐 잡는 덴 이만한 게 없어. 넌 절대로 먹으면 안 돼. 알았지? (고양이 소리) 쥐약이 어딨지? (쥐약이 들어 있는 봉지를 갖고 와서 통째로 붓는다) 이렇게 많이 넣어야 빨리, 그리고 고통 없이 행복하게 죽는 거야. 내가 쥐에게 베풀 수 있는 최선인 거지. (이리저리 고구마 샐러드를 만들듯이 잘 섞는다. 냄새를 맡는다. 군침을 다신다. 고양이에게 먹으면 안 된다는 주의를 준다)

여자, 입맛을 다시며 허겁지겁 나온다. 방에서 무슨 일이 있었는지 옷매무새가 흐트러져 있다. 고쳐 입는다. 고구마 샐러드를 보고 허기진 입맛을 다신다.

여자 : 할머니, 뭐예요? 너무 맛있는 냄새가 나서 나와 봤어요. 고구마 삶는 냄새가 났는데? 저녁 식사예요?

할머니 : (여자의 옷매무새를 보고 나서) 좀 쉬셨나요? 오늘 저녁은 날씨가 아주 차가워요. 옷을 잘 입어야겠어요.

낯선 사람들

남자, 바지를 올리고, 허리띠를 채우고, 윗옷을 고쳐 입으며 나온다. 할머니, 이를 본다. 혀를 차는 할머니. 남자는 음식을 하는 할머니를 본다.

남자 : 할매, 지금 저녁밥이 중요한 게 아니잖아요.

할머니 : 밖이 추워요. 오늘 밤에 떠나려면 옷을 제대로 입어
야 돼요.

여자 : 아···. 씁···. 샐러드 너무 맛있겠다.

할머니 : (여자에게) 냄새 맡지 마세요. 몸에 안 좋아요. 당신들
은 너무 오래 잤어요. 다른 분들은 저녁을 이미 다
먹었어요.

여자 : 네? 우리가 오래 자요? 저녁은 다 먹었고요? 할머니,
우리 방에 들어간 지 30분밖에 안 지났다고요.

남자 : 할매. 우릴 속일 생각 그만하고 돈 있는 곳이나 말해.
안 그러면 진짜로 여기 있는 사람들 다 죽일 거야.

할머니 : 다 죽여요? 누굴요? 사람들은 이미 다 떠났어요. 내가 먼저 가라고 했어요.

남자 : 다 갔다니 무슨 뜻이야? (사방을 둘러본다) 여기 그대로 다 있잖아. (의자를 가리키며) 철진이, 철구, 철용이, 철순이 다 있잖아! 여기!

여자 : (얼떨결에 남자를 따라 한다) 첫째 고모와 고모부는 여기, 여기!

할머니 : 쯧쯧…. 젊은 사람들이… 배가 고파서 헛것이 보이나 보네요.

남자 : 뭐요?

여자 : 그래요. 난 배가 너무 고파요 (그릇을 들고 냄새를 맡는다) 내 말이 맞네요. 고구마 샐러드. (숟가락 하나를 집어 한 스푼 덥석 뜬다. 할머니가 여자의 손을 때린다)

할머니 : 이건 당신들 게 아니고 쥐 잡는 미끼예요.

낯선 사람들

남자 : 이 할망구가! 진짜로 우릴 놀리는 거야? 돈 내놓으라
고! 아님 죽일 테다! (남자, 칼을 빼서 할머니의 목에 갖
다 댄다)

할머니 : 아, 알았어요. 이젠 어쩔 수가 없네요. (초상화를 젖히
고 초상화 뒤에 붙어 있는 열쇠를 하나 꺼내 테이블 위에 놓
는다. 나가면서) 창고로 가서 다 가져가세요. (퇴장)

남자 : (열쇠를 주워들며 어이없다는 듯) 아하…. 초상화 뒤…
초상화 뒤…. 하하하…! 할머니 고마워요. (여자에게)
봤지? 통했어. 할망구도 어쩔 수 없을 거라 했잖아.

여자 : (안도의 한숨을 쉬며) 휴…. 다행이에요. (숟가락으로 고
구마 샐러드를 한 수저 떠서 남자의 입에 넣어주며) 여보, 일
단 배고프니깐 이것부터. 호호호. (여자도 자기 입에 한
수저 떠서 넣는다) 너무 맛있다.

남자 : 세상에서 가장 달콤한 고구마 샐러드네. 하하하!

여자 : 너무너무 맛있지 응?

여자, 남자 웃으면서 고구마 샐러드를 게걸스럽게 연신 먹는다. 열쇠를 보며 웃는다. 목이 멘다. 그래도 웃는다.

조명 OUT.


두 개의 조등이 걸려 있다. 첫 장면과 흡사하다. 정육점 주인, 종이봉지를 들고 할머니 집 대문 앞으로 간다. 버스정류장을 본다. 대문을 두드린다. 할머니, 나온다.


**정육점 주인** : 안녕하세요.


    **할머니** : 오늘도 일찍 왔네.


**정육점 주인** : 네. 오늘도 배달할 집이 많아서 일찍 들렀어요. 요즘 들어 장사가 너무 잘 되요. 다들 우리 집 고기가 너무 맛있데요. (문에 걸린 조화를 보며) 누가 또 죽었네요.


    **할머니** : 쯧…. 너무 당황스럽고 걱정스러워.


**정육점 주인** : 그러시겠죠. (종이봉지를 건네며) 오늘은 사골 뼈하

고 도가니로 좀 가져왔어요. 푹 끓여 잡숫고 기운 차리세요. 어제는 많이 힘드셨나 봐요. 얼굴이 수척해 보여요.

할머니 : 조금 위험한 일이 있었어.

정육점 주인 : 연세가 있으시니 매사에 조심하셔야 돼요.

할머니 : 그럴게요. 읍내로 돌아가면 장의사 댁에 가서 관 두 개 보내 달라고 전해줘요.

정육점 주인 : 두 개나요? (조등을 다시 본다. 두 개다) 아… 그렇죠. 두 명….

할머니 : 이번엔 좀 먼 친척이었어.

정육점 주인 : 친척요? 전 전혀 못 알아봤네요.

할머니 : 그동안 만남이 없어서 그래. 그래도 장례는 잘 치러줘야지.

**정육점 주인** : 그래야겠네요. 저도 이젠 친척들하고 연락도 좀 하고 지내야겠어요.

**할머니** : 그래야지. 고깃값 줄게요.

**정육점 주인** : 아니에요. 고모님. 넣어 두세요. 고모님께 신세를 진 게 얼만데요.

**할머니** : 아니에요, 조카님. 셈은 정확히 해야죠. (치마 속 바지춤에 큰 돈주머니가 매달려 있다. 돈이 한가득이다) 새로 나온 5만 원짜리가 있을 텐데…. 아, 여다. 자, 받아요.

**정육점 주인** : (어쩔 수 없이 받으며) 거기다 돈을 두면 안 돼요. 큰일 나요.

**할머니** : 호호호. 난 여기가 가장 안전해요. 여기가. 얼른 가서 일 봐요. 바쁠 텐데.

**정육점 주인** : 네. 장의사에게 관 두 개라고 전할게요. 다시 올게요. 고모님.

**할머니** : 그래, 꼭 다시 와야지. 장사 잘해야 되요. 조카님.

정육점 주인 퇴장하는 걸 끝까지 다 본다. 행복한 미소를 짓는다. 뒤돌아서서 조등의 불을 끈다. 들어간다.

막.

## 참고문헌

1. Robert Stevens., 「The Dangerous People」, 1955.

2. Don Medford, 「Triggers in Leash」, 1955.

3. Herschel Daugherty, 「The Cream of the Just」, 1955

4. Robert Stevens, 「There Was an Old Woman」, 1955.

낯선 사람들